O DIA EM QUE MATEI MEU PAI

MARIO SABINO

O DIA EM QUE MATEI MEU PAI

EDITORA RECORD
RIO DE JANEIRO • SÃO PAULO

2004

Cip-Brasil. Catalogação-na-fonte
Sindicato Nacional dos Editores de Livros, RJ.

S121d Sabino, Mario
O dia em que matei meu pai / Mario Sabino. – Rio de Janeiro : Record, 2004.

Inclui bibliografia
ISBN 85-01-06892-6

1. Romance brasileiro. I. Título.

CDD 869.93
03-2465 CDU 821.134.3(81)-3

Direitos exclusivos desta edição reservados pela
DISTRIBUIDORA RECORD DE SERVIÇOS DE IMPRENSA S.A.
Rua Argentina 171 – Rio de Janeiro, RJ – 20921-380 – Tel.: 2585-2000

Impresso no Brasil

ISBN 85-01-06892-6

PEDIDOS PELO REEMBOLSO POSTAL
Caixa Postal 23.052 – Rio de Janeiro, RJ – 20922-970

Aos que sobrevivem

PRIMEIRA PARTE

1

O dia em que matei meu pai era um dia claro, de uma claridade difusa, sem sombras, sem relevos. Ou talvez tenha sido cinzento, daquele cinza que tinge até as almas menos propensas à melancolia. É estranho que esse seja o único detalhe de que não me lembre, todos os outros ainda bem vívidos dentro de mim. E que importa? A moldura, ela foi só isso — moldura. Por que tentar tirar a natureza de sua indiferença em relação a nós, homens? Vamos ao fato, então. Matei meu pai como quem mata um inseto. Não, a imagem é falsa, já que na maioria das vezes há irritação, quando não medo, em ação tão ordinária. Divago, desculpe-me. Mais exato seria dizer que matei meu pai como quem respira. A respiração regular, que não exige grande esforço para levar o ar aos pulmões.

Foi com uma paulada na nuca e outra no alto da cabeça. Ele estava sentado no sofá de sua sala, lendo o jornal, como fazia todas as manhãs, antes de ir ao clube onde nadava 1.500 metros em quarenta minutos. Homem atlético, meu pai, e sempre bronzeado, o bronzeado dos ricos, um dos sinais exteriores de sua prosperidade. Aproximei-me por trás, os passos abafados pelo carpete felpudo. À primeira pancada, seu tronco projetou-se para a frente, como o de uma pessoa que se inclina para amarrar os sapatos. Dobrado sobre si próprio, recebeu o segundo golpe — a crisma que confirma o batismo. O filete de sangue escorrendo pelo canto da boca, a mão direita tremendo por segundos, antes de pousar inerte sobre o chão, o rosto com a expressão de espanto congelada... A descrição da cena está satisfatória? Espero não ter sido muito desagradável, não era essa a intenção.

Encostei o pedaço de pau na parte de trás do sofá, com um cuidado que hoje reconheço desmesurado (como se aquela madeira fosse um objeto ritualístico). Dei a volta e, antes de recolocar meu pai sobre o sofá, espiei a página que estava lendo antes de morrer. Era a página de classificados eróticos. Com que sonhava ele no seu último momento? Com Aline, a gata dos lábios de mel? Com Milena, a safada sem frescura? Ou com as primas sádicas, que prometiam fazer tudo duas vezes? Sei que poderia ter omitido essa parte, mas sabê-lo interessado em anúncios de prostitutas lhe empresta uma humanidade que me enternece. Disse humanidade, mas melhor seria dizer fraqueza. Ele era conhecido, reverenciado mesmo, por seu poder de sedução. Meu pai, até o final decretado por mim, havia se mostrado capaz de encantar mulheres de qualquer idade e de qualquer condição. Impossível imaginá-lo tendo de pagar para se deitar com uma. As mulheres, todas as que teve, eram loucas por ele. Prostitutas são para homens como eu. Eram.

Estendi o corpo de meu pai no sofá e me sentei na beirada, perto de seu rosto. Não sei quanto tempo permaneci olhando para ele, mas foi o suficiente para que guardasse na memória cada sulco de sua face. Depois que cerrei os seus olhos esbugalhados, a expressão de espanto deu lugar a um sorriso. Mas pode ter sido impressão.

Em seguida, telefonei para a polícia. “Venham me prender. Matei meu pai.”

2

Eu tinha cinco anos quando conheci o mar. E foi o mar que me deu a chance de descobrir o quanto a minha existência se ligava à de meu pai. Até aquelas distantes férias de verão (lá se vão trinta anos), ele era apenas um figurante em minha vida de menino. Filho único que eu era, e julguei ser até há algum tempo, passava os dias entregue à dedicação integral de minha mãe. Ela alimentava meu corpo, nutria minha alma, habitava meus sonhos. Uma história de amor única e ao mesmo tempo idêntica a tantas outras. Em minha prepotência infantil, acreditava-me plenamente correspondido na intensidade desse amor, e também em sua fidelidade. Se pudesse, na época, expressar meus sentimentos mais profundos, diria que eu era a criatura que viera colocar um ponto final ao desejo de minha mãe. Um final feliz. Eu era a concretização de um sonho, o ideal, a redenção, o salvador dela. A verdade. Mas essa é, em menor ou maior grau, a história de todo mundo, não?

Naquele dia de verão, a alegria de ser tudo para ela parecia confirmada pela manhã radiosa. O céu de um azul de giz-de-cera... Outra vez invoco a natureza, desculpe-me. Mas foi o desespero, ou o fato dele decorrente, que a conservou nítida em meu cérebro. Chegamos à praia depois de caminharmos por alguns quarteirões do condomínio onde minha família havia alugado casa, num passeio demorado por causa da minha curiosidade em examinar plantas, pedras e insetos que se sucediam na rua de terra batida. Enquanto meu pai fincava o guarda-sol nas proximidades de um muro de pedra, eu e minha mãe fomos fazer um castelo de areia próximo à água. Em determinado momento, peguei o balde e entrei no mar. "Vou pegar uma ondinha para molhar o lago do castelo", avisei-a.

Andei alguns metros no raso, quando vi um peixe minúsculo nadando entre minhas pernas. Pensei em pegá-lo com o balde e levá-lo de presente para minha mãe. Tentei capturá-lo uma, duas vezes, mas ele sempre conseguia escapar. Hesitei um pouco antes de continuar a pesca. Mas a idéia de fazer uma surpresa à minha mãe foi mais forte. Segui-o mar adentro, até que me vi com água na altura do peito. Jamais havia ido tão longe sozinho, senti a falta de uma mão adulta a me segurar. Onde estava minha mãe? "Mamãe!", gritei, olhando para o peixe que voltara a brincar entre minhas pernas. Quando levantei a cabeça em direção ao horizonte, uma onda grande o suficiente para me cobrir já se avolumava perto de mim. Fui colhido pelo estrondo da arrebentação. E tudo ficou escuro na manhã radiosa.

Para que se tem um pai? Minha analista... Não vá dizer que não sabia... Sim, eu tive uma analista, antes de você aparecer na minha vida... Ou eu na sua, não importa... Minha analista costumava permanecer em silêncio quando ouvia essa pergunta. Aquele silêncio algo trágico de analista, você sabe, que o coloca numa encruzilhada, todos os caminhos levando a todos os lugares, o que não é lugar nenhum. Será que teria sido diferente, caso houvesse dado uma resposta? Bem, agora é tarde. Saí dessa encruzilhada por um atalho, não resta dúvida. Sou louco? Pode ser, mas a loucura devolveu-me a lucidez — esta lucidez, ao menos. Estou conformado com ela.

Hoje está claro que, até matá-lo a pauladas, meu pai existia para me humilhar.

A primeira humilhação que ele me infligiu foi salvar a minha vida naquela manhã de verão. A onda desabou com tanta violência que desmaiei. Nada a declarar sobre a experiência em si, a não ser que foi o único desmaio que sofri até hoje. Acordei num quarto mais branco do que este parece ser. Minha cabeça doía, a primeira de uma série de dores de cabeça que atormentariam minha infância. Aos pés da cama, meu urso de pelúcia era uma visão familiar. O que estaria fazendo ali? Virei o rosto na direção da janela. Meu pai e minha mãe se beijavam. E, posso dizer agora, com sofreguidão, urgência, paixão.

Soltei o grito de quem está preso em um pesadelo.

Minha mãe correu ao meu encontro e me abraçou, chorando. "Ele acordou!"

O que aconteceu, em resumo: fincado o guarda-sol, meu pai alongava os músculos perto do castelo de areia que eu e minha mãe estávamos erguendo. Ele sempre fazia alongamento antes de dar suas braçadas matinais. Ao erguer o rosto, depois de uma seqüência de exercícios, viu que eu havia me afastado muito. Prevendo o pior, lançou-se ao mar. Foi só então que minha mãe percebeu que se distraíra além da conta com a brincadeira (ela não se desculparia por isso até o fim da vida). Quando perdi os sentidos, ele estava a poucos metros de mim, o que evitou meu afogamento. Fui levado ao hospital, onde diagnosticaram uma concussão cerebral. Passei um dia sedado, para que os médicos avaliassem a extensão do problema. O acidente não deixou seqüelas físicas, mas até hoje não sei nadar. Não consigo aprender. Meu corpo, dentro d'água, é de chumbo. Como meu pai era um excelente nadador, essa impossibilidade teve um peso adicional.

Eu nunca vira meus pais se beijando. Nem sequer se abraçando. Vim a saber na adolescência que ambos haviam se distanciado um do outro meses depois do meu nascimento. O motivo era desconhecido, mas a mitologia familiar comportava algumas versões: minha mãe se tornara frígida, meu pai arrumara uma amante, a extrema dedicação dela ao bebê o enciumava e o fazia sentir-se um intruso, ele havia experimentado uma depressão profunda com a paternidade. No que acreditar? Talvez cada uma dessas versões seja um fragmento da verdade. E talvez não exista mesmo uma verdade íntegra, sólida, com encaixes perfeitos. E talvez a verdade não passe disso, de um amontoado sem ordem de meias-verdades.

O fato que interessa aqui é que, se meu nascimento serviu para afastá-los, a minha quase morte os reaproximou. E que renasci naquele dia para que parte de mim morresse.

3

O amor dos dois era insuportável. Depois daquele dia na praia, meu pai se tornou o forte; eu me tornei o fraco. Os carinhos de minha mãe me pareciam esmolas, comparados aos que ela reservava a meu pai. Quando estava comigo não conseguia disfarçar a vontade de estar com ele. As histórias que me contava antes de dormir se encurtaram. Os longos cafunés que me impeliam ao sono foram substituídos por beijos protocolares. Ela me abandonava às sombras ameaçadoras do meu quarto. Quantas vezes quis gritar! Quantos fantasmas vi, dançando contra o vidro da janela! Um deles trazia guizos no lugar das mãos. Suas aparições eram anunciadas pelo chacoalhar desses guizos. O mais torturante era saber que surgiriam, era esperá-los sem ter como evitar a espera. Não acredito em entidades, espíritos, almas penadas, seja lá o nome que se dê. Mas acredito nesses fantasmas que atormentaram minha infância. Passados tantos anos, o medo ainda me ronda quando apagam a luz da cela. É estranho, na minha atual condição, sentir medo da escuridão... Não é cela? Para mim, é.

A princípio, tentei apartar aquele casal feliz, usando expedientes corriqueiros, todos eles descritos na literatura psicanalítica, nos capítulos dedicados ao inescapável complexo. Colocava-me entre os dois para evitar que se abraçassem. Usava de subterfúgios para não deixá-los sozinhos. Mas, como já disse, eu era o fraco. Essa fraqueza ficaria ainda mais evidente na noite mais terrível da minha vida. Ou melhor, numa das mais terríveis.

Meus pais agora dormiam de porta fechada. Eu ficava do lado de fora, na prisão do mundo. Naquela madrugada, acordei com os guizos do fantasma. Eles chacoalhavam mais forte do que nunca. Procurei não olhar para a janela. Espremido de bruços contra a parede, sob as cobertas, coloquei o travesseiro sobre a cabeça. Inútil. O terror, não raro, exerce uma atração invencível. Minha resistência esmoreceu quando, além dos guizos, ouvi o som de pancadas no vidro. Era a primeira vez que isso ocorria. Eu, então, olhei.

Lá estava ele, meu velho conhecido, dançando em frenesi. A seu lado, contudo, havia uma figura com a qual eu jamais deparara: um menino da minha idade estava ajoelhado, como se estivesse para ser sacrificado. Numa de suas mãos, uma pedra azul refulgia... Como era seu rosto?

Seu rosto era o meu.

Levantei de um pulo e corri para o quarto de minha mãe. Detive-me à porta, num silêncio ofegante, embora minha vontade fosse de esmurrá-la aos gritos. Fiquei ali, indeciso sobre o que fazer, durante um ou dois minutos. Resolvi ir em frente depois de ouvir um estalo em meu quarto. "Os fantasmas entraram na casa", pensei, apavorado. Empurrei a porta com cuidado e entrei no closet. Hesitei antes de adentrar o quarto, ao notar que a luz do banheiro, que ficava do outro lado, estava acesa e incidia sobre um pedaço da cama. Mas não havia volta possível — eu dormiria no chão, ao lado de minha mãe. Só assim estaria a salvo.

Avancei dois passos, e até hoje me arrependo de tê-lo feito.

O espetáculo que se desenrolava sobre a cama era horroroso: minha mãe, nua, cavalgava um pênis enorme. O pênis que eu sempre quisera ver e que sempre evitara olhar.

4

Perdoe-me, mas nada do que contei ontem ocorreu. Quer dizer, apenas uma parte é verdade. Até a visão da pedra azul. Como você pode ter acreditado que eu presenciei meu pai e minha mãe fazendo sexo? Meu relato foi tão esquemático, tão de manual... Pelo visto, não é difícil enganá-la. Talvez eu possa dedicar-me a isso de agora em diante — a enganá-la. Será a minha diversão.

Sim, você tem razão, por mais que eu invente episódios para a minha história, a sua essência é imutável, passível até mesmo de interpretações de cartilha... Eu mesmo quis que fosse desse jeito? Não é bem assim.

Minha tentativa de fraudar este relato — que significado atribuir a ela? Será que desejo estabelecer um vínculo com você? Mas não quero vínculos de nenhuma espécie. Não quero, está ouvindo? Ou melhor, quero... Afinal de contas, aceitei contar tudo o que aconteceu, embora ninguém me obrigasse a isso. Que vínculo seria esse? Ora, essa é uma conclusão a ser tirada por você, num artigo mal escrito.

Estou agressivo, eu sei. Desculpe-me, é o cansaço. Passei a noite em claro. Tive um sonho estranho com a pedra azul. É possível que seus olhos tenham brilhado quando falei em sonho. Vou saciar sua curiosidade, apesar de nosso acordo deixar de fora o presente.

Eu estava numa masmorra que, tal como sucede nos sonhos, não era uma masmorra, mas um hospital. Atravessava um corredor escuro, até que, ao chegar a um recinto quadrado ladeado por portas de ferro, deparei com uma criança de seis, sete anos. Essa criança estava vestida com um desses terninhos que os meninos costumavam usar quando faziam primeira comunhão. Seu olhar misturava tristeza, resignação e perplexidade. A seu lado, havia uma enfermeira, que dirigia um sorriso profissional a mim. Em silêncio, ela levou o menino pelo braço à porta mais próxima, abriu-a e fez um gesto para que ele entrasse no ambiente contíguo. Depois que ele entrou, a enfermeira fechou a porta. Naquele instante, dei-me conta de que o menino era eu. Achava-me, agora, dentro da cela a que o garotinho fora conduzido. Fiquei horrorizado com o que vi ao meu redor: as paredes estavam forradas de alto a baixo de fetos que sangravam. Aquela já não era uma masmorra, e sim uma catacumba. Desviei o olhar para a porta. Nela existia uma janelinha com grades, da qual a enfermeira me observava, com seu sorriso estereotipado. Então, por entre as grades, ela estendeu uma das mãos. Nela havia uma pedra azul que refulgia como um diamante de conto de fadas. Acordei logo em seguida e não dormi mais.

Essa pedra azul já havia surgido em outros sonhos. Vou facilitar seu trabalho: os olhos do meu pai eram azuis. Essa associação foi feita quando o assunto foi trazido à baila na minha análise. Mas, pelo visto, não foi...

Como é mesmo que se diz? Ah, sim, elaborada. Melhor deixar essa pedrinha no meio do caminho.

Pois bem, a verdade é que nunca vi meus pais fazendo sexo. Para alimentar minha fraqueza, bastavam os meus terrores noturnos e as demonstrações de amor cotidianas que minha mãe dava a meu pai, e vice-versa. Até os nove anos, continuei a fazer tudo o que estava a meu alcance para sabotar a convivência do casalzinho feliz. Inventava doenças para mantê-la longe dele durante a noite. Azucrinava-os de tal forma que terminava jogando um contra o outro, em discussões sobre o que deveriam fazer comigo. Provocava meu pai até o ponto de ele ameaçar me bater, o que lhe proporcionava ásperas censuras de minha mãe — e carinhos dela em mim. A maioria das crianças usa desses expedientes, eu sei, mas o ciúme e o ódio que as movem costumam permanecer nebulosos. No meu caso, não. Eu sabia que odiava meu pai, e não tinha nenhum remorso disso. Gostava.

Depois que aprendi a ler, passei a utilizar mais uma tática para fustigar o algoz de minhas ilusões infantis e ganhar a atenção da minha amada: a humilhação intelectual. Como meu pai era um zero à esquerda em matéria de conhecimentos gerais, eu me comprazia em mostrar à minha mãe o quanto havia aprendido nos livros de história que passara a devorar. O showzinho sempre acontecia na hora do jantar, quando nós três estávamos reunidos. Mitologia grega, episódios que marcaram o Império Romano, batalhas memoráveis da Segunda Guerra — começava a desfiar meu repertório tendo como ponto de partida um lacônico "não sei" de meu pai a uma pergunta qualquer formulada por mim. Minha mãe demonstrava orgulho pelas minhas sapiências, porque cultivava a leitura, interessava-se por arte e tudo o mais que se convencionou chamar de humanidades. Quanto a meu pai, para o meu prazer, ele não conseguia esconder seu desconforto. Aos poucos ele também estava aprendendo a me odiar. A prova disso foi a tortura a que me submeteu quando eu contava sete anos.

5

Sim, meu pai também existia para me torturar. Ele jamais me deu uma surra, mas gostava de simular lutas para me machucar. Seu método preferido era a asfixia. Imobilizava-me com o peso de seu corpo e só saía de cima de mim quando meu rosto começava a ficar roxo. Para me transformar "num homem", aplicava-me chaves de braço — até eu suplicar para que parasse com aquilo. Certa vez, quebrou meu dedo, o que só foi diagnosticado dois dias depois, porque ele insistia em dizer que não fora nada, que eu estava bancando o "viadinho". Minha mãe achava tudo isso normal. "Brincadeiras masculinas", dizia. Mas nada doeu tanto quanto as três palavras que uma noite ele disparou contra mim.

A certa altura da infância, como você sabe, é comum que a criança se pergunte se é mesmo filha de seus pais. A fantasia da adoção ronda meninos e meninas, e eles tentam assegurar-se de sua identidade familiar. No meu caso, eu o fazia de forma indireta, por meio de perguntas sobre as circunstâncias do meu nascimento. Enchia minha mãe de perguntas sobre o dia do parto, o hospital em que dera à luz, as primeiras impressões que tivera a meu respeito, coisas assim. Também gostava de ver fotos minhas quando bebê. Tudo isso me tranqüilizava, mas não a ponto de suprimir minha dúvida. E, sempre que podia, eu voltava à carga com meu questionário.

Foi depois de uma dessas sessões de perguntas e respostas que meu pai resolveu agir. "Deixe que eu o coloco para dormir", disse à minha mãe, já me pegando no colo. Ao chegarmos ao quarto, ele me pôs na cama, cobriu-me e sentou-se ao meu lado. Fitou-me por alguns segundos e, então, sem mover um músculo do rosto, proferiu: "Você é adotado."

Chorei a noite inteira, até ouvir os primeiros barulhos da manhã fustigando a janela. Minha angústia traduziu-se numa febre assintomática, que aumentava quando caía a noite. Sem um diagnóstico claro, o médico disse que eu havia pego uma virose. Minha mãe tentava fazer carinhos em mim, mas eu fugia de seu abraço. Arranjava uma desculpa e refugiava-me em meu quarto. Sentia-me traído por ela. Por que minha mãe não me contara? Havia, no entanto, outra questão subjacente, impossível de ser formulada àquela altura: "O que fazer com o amor por aquela mulher que já não era minha mãe?" Eu poderia, é claro, ter perguntado a ela se era verdade que eu não era seu filho. Por que não o fiz? Por ressentimento (sentia-me traído, como já disse), mas também por medo da palavra de minha mãe. Acho que temia morrer ao ouvi-la dizer: "Não, você não é meu filho."

Um pai qualquer teria se apiedado. Mas não ele. Pelo contrário, meu pai aproveitou para tripudiar. À mesa do jantar, inverteu o meu jogo. Provocava-me com perguntas sobre conhecimentos gerais, às quais eu não respondia. "Ora, ora, comeram a língua do sabichão", ironizava. Minha mãe lhe pedia para que me deixasse em paz, ao que ele argumentava que estava apenas brincando comigo, que desejava me animar. Num desses jantares, em meio a um de seus showzinhos, ele disse à minha mãe: "Você não vê que esse moleque está com frescura? Vamos lá, diga logo, qual é a capital da Hungria: Bucareste ou Budapeste?" Com raiva, respondi: "Budapeste, idiota, você saberia se tivesse lido *Os meninos da rua Paulo*. Mas você não lê nada, só a mamãe." Levei um copo d'água na cara. "Saia daqui, antes que eu bata em você", ameaçou meu pai, enquanto minha mãe chorava, mortificada. Naquela mesma noite, meu pai entrou no meu quarto e, depois de fazer uma preleção sobre o respeito que os filhos devem a pais e mães, começou a desfiar o enredo de minha adoção. "Eu só não o coloco de castigo porque entendo como está se sentindo por causa da adoção. Você não perguntou detalhes, mas eu conto: na verdade, você é filho de uma empregada que contratamos no primeiro ano de nosso casamento. Ela pediu que nós ficássemos com você durante um tempo, até que voltasse de férias, e nunca mais deu as caras. Pode ser que ela ainda apareça. Mas não se preocupe: papai e mamãe não deixarão você ir embora. Boa noite, durma com os anjos, filho."

Você pode imaginar meu terror? Não, não pode. Ninguém pode.

Minha angústia durou cerca de uma semana. Numa manhã, eu e meu pai estávamos sentados à mesa do café, quando ele me disse, sem tirar os olhos do jornal: "Interessante como a convivência pode fazer com que as pessoas se tornem parecidas. Inclusive no aspecto físico. Você, por exemplo, tem os olhos dela. De sua mãe. Os olhos são os mesmos, é o que todo mundo diz. Quando você era bebê, essa semelhança não existia." Ele, então, dobrou o jornal, colocou-o sobre a mesa, tomou um gole de café e só aí, depois de cumprir todos esses pequenos gestos, olhou para mim: "É melhor que a história da adoção fique entre nós. Uma coisa entre pai e filho. Coisa de homem, sua mãe não iria entender. Faz parte do treino necessário para que você aprenda a enfrentar as dificuldades da vida. Venha cá para eu dar um abraço."

Meus olhos eram os da minha mãe, não restava dúvida. Meus olhos...

Ele havia falado que a convivência fazia as pessoas ficarem parecidas. Mas também se referira à época em que eu era uma criança de colo. A maioria das crianças é adotada quando está no berço, eu sei, mas aquela frase — "Quando você era bebê" — deu-me a certeza de que eu era filho natural, e não adotado. Certeza que ainda é frágil, apesar de eu ter me tornado muito semelhante à minha mãe. Terá sido a convivência? Mas não convivi tanto com ela, no final das contas...

Deixei-me abraçar por meu pai, num misto de alívio e raiva, sem perguntar o motivo que o levara a me torturar daquele jeito. Não era preciso. Isso já estava claro para mim: nós éramos inimigos. Ao alívio e à raiva, seguiu-se um sentimento que pode ser definido como de gratidão. Eu estava grato a meu pai por ele ter dado um ponto final em minha agonia, mesmo com toda a sua ambigüidade. É explicável: os torturados também sentem gratidão em relação aos torturadores, quando estes param de supliciá-los.

6

Minha festa de dez anos — uma grande festa num parque de diversões — teve de ser cancelada na última hora, porque minha mãe recebeu a notícia de que estava com câncer. Ela viria a morrer dali a quatro meses. O tumor começou no ovário e se espalhou pelo intestino, estômago e pulmão. O que tenho a dizer sobre isso? Bem, ao explicar a sua doença, ela não me disse que poderia morrer. E, ainda que a tenha visto definhar, não parecia possível que minha mãe estivesse prestes a desaparecer. Sua internação derradeira ocorreu numa manhã, depois que ela vomitou uma sopa preta e malcheirosa, que os médicos chamam de material fecalóide — o câncer já estava tão grande que obstruíra seu intestino. Na hora de ir embora de casa, amparada por meu pai, ela me disse: "Seja feliz, meu filho." E me deu um beijo na testa, um beijo gelado. Nunca mais a veria viva.

Fui acordado na madrugada seguinte por minha tia, que viera do exterior para ajudar a assistir minha mãe, sua irmã mais nova. "Querido, eu tenho que lhe dizer uma coisa", murmurou. "O que foi, tia?", perguntei, sonolento. "Sua mãe foi para o céu", respondeu, com voz embargada.

"Sua mãe foi para o céu" era uma frase que, naquele momento, não fazia nenhum sentido para mim. Por isso demorei um pouco a entender o que havia acontecido. Diante da minha expressão aparvalhada (foi assim que ela definiu a minha reação anos mais tarde), minha tia usou as palavras certas: "Sua mãe morreu."

Estou cansado.

7

Eu gostaria de voltar um pouco, para falar da impressão que o definhamento da minha mãe causou em mim. Sua magreza, o olhar mortiço, a pele esbranquiçada, naquela palidez que anuncia a morte, a calvície causada pela quimioterapia — tudo isso, a meus olhos, era como um figurino de teatro que poderia ser tirado a qualquer momento por aquela mulher que eu tanto amava e que me parecia tão forte. Era como se ela permanecesse intocada por baixo do corpo macilento. À espera de que minha verdadeira mãe voltasse, eu me afastava daquela coitada que se arrastava pela casa e já nem mais tentava extrair um carinho de mim. É estranho, eu sei, que um filho tão amoroso como eu tenha se comportado desse jeito durante a doença de sua mãe. Mas eu não supunha que ela pudesse morrer, e o fato de não aparentar o que sempre fora me deixava mais perplexo do que triste.

Só naquela madrugada fui alcançado pela tristeza — ou alcancei a tristeza, melhor dizendo, porque talvez eu é que estivesse atrás dela. Mas era difícil filtrar a tristeza do remorso, e a minha dor crescia por não conseguir fazê-lo. Por que eu não a havia mais abraçado? Por que eu não dissera nada na última vez que a vira? Eu me sentia a causa do seu câncer. Na verdade, mais do que isso, eu era aquele câncer. Afastei-me de minha tia, que tentava me abraçar, e corri para a cama de minha mãe. Queria sentir o seu cheiro, como fazem os animaizinhos à procura da mãe que se foi para sempre... Não, essa imagem não surgiu agora. Reproduzo fielmente o que passou pela minha cabeça de criança. Naquele momento, lembrei-me dos documentários sobre filhotes a que assistia na televisão. Eu sempre me emocionava ao vê-los abandonados. Sentindo o cheiro de minha mãe talvez eu conseguisse chorar. Mas as lágrimas não vieram. Elas não vieram nunca mais. Não me lembro da última vez que chorei. Não sei se foi um choro de birra, um choro causado por um machucado ou por uma repreensão. Só sei que, depois que completei dez anos, e tudo mudou na minha casa por causa da doença de minha mãe, nunca mais verti uma lágrima.

Com o rosto enfiado no seu travesseiro, sem chorar, comecei a suar frio. Fui, então, tomado pela vertigem. "Estou tonto, tia", disse. E, no velório, sob essa vertigem, vi pela última vez o rosto de minha mãe, que estampava aquele estúpido sorriso beatífico desenhado pelos preparadores de mortos. Tonto observei o caixão ser enterrado, e tonto recebi afagos de gente que conhecia e de gente que não conhecia. Também tonto encarei meu pai, quando ele me disse: "Agora, somos eu e você."

Se ainda tenho tonturas? Bem, no meu estado atual, é difícil dizer o que sinto. Às vezes tenho a impressão de que sou engolido pela escuridão, outras vezes parece que perco os meus contornos individuais. O que quero dizer com isso? Vou tentar explicar. Deixe-me ver... É como se eu fosse atravessado pelos sons à minha volta. Eles entram pelos meus poros, passam pelo meu corpo e levam consigo o que seria minha essência. Fico atordoado, mas não chega a ser uma tontura ou vertigem. É algo semelhante à sensação descrita por quem sofre de ataques de pânico, quando se vê em meio a uma multidão. O corpo perde os limites, a sua própria substância se esvai, e tudo leva a crer que se desmanchará, se dissolverá. Para recuperar-me, tenho de ficar sozinho, em completo silêncio, o que não é muito fácil por aqui, com tanta gente que entra e sai de minha cela o dia inteiro. De meu quarto, digo.

Não, quando matei meu pai eu não estava tonto. Nem senti qualquer vertigem depois. Meus advogados disseram que isso poderia ter pesado em meu favor no julgamento, para reforçar o que eles alegaram ser perda momentânea de lucidez ou uma besteira jurídica parecida. Mas preferi não mentir. De qualquer forma, eles conseguiram fazer um bom trabalho e convencer os juízes das diversas instâncias de que eu deveria permanecer trancafiado num lugar como este, e não numa penitenciária. Bem, está certo que eu também ajudei bastante nesse sentido.

"Agora, somos eu e você"... Sim, você tem razão: é uma frase que antecede os duelos de filmes. Só que o nosso embate jamais teve um componente de ficção. Foi a coisa mais real da minha vida. Agora já não há mais nada a fazer. E talvez não haja mais nada também a dizer... Estou cansado. As conversas com você, dia sim, dia não, deixam-me exausto. Acho melhor encerrarmos... O quê? Isso a deixaria numa má situação? E por que eu teria de ter consideração por você? Eu não a conheço de verdade, só sei o seu nome, o primeiro nome. Não sei onde você mora, se é casada, se tem filhos, se faz ginástica, se sofre por algum motivo, quanto ganha. Nada vezes nada. Mas você sabe tudo sobre mim — ou pensa que sabe. Porque eu não conto tudo a você, ao contrário do que imagina. Nem a ficha a que você teve acesso é tão completa assim. Não, essa é também minha tragédia: sabe-se tudo a meu respeito. Sou um homem atravessado por análises, descrições, comentários, julgamentos. Não existe ninguém com uma história mais transparente do que a minha. Aliás, se você tem uma cópia do meu volumoso processo, não precisaria estar aqui, ouvindo tudo de novo... Sim, é verdade, tenho de admitir. Ao recontar a minha história, há novos detalhes que emergem dela. Uma coisa, porém, me incomoda: apesar de toda a visibilidade que a minha existência adquiriu, uma parte em mim permanece invisível, obscura, fechada em si própria. Será isso o que chamam de alma? O âmago impossível de ser desvendado, por mais que nos debrucemos sobre ele?

Você leu que eu estava escrevendo um livro quando matei meu pai. É verdade. Tenho um romance inacabado no meu currículo. Consegui evitar que ele caísse nas mãos da Justiça. Há ali algo de autobiográfico, é óbvio, mas nada que fale do conflito com meu pai... Você gostaria de lê-lo? Não sei... O título? *Futuro*... Do que trata? Bem, de um sujeito perdido, que gostaria de ser alguém na vida e depara com obstáculos intransponíveis... Como "só isso"? E você acha pouco? Meu personagem tinha indagações filosóficas, que o ajudaram a enveredar por um certo caminho. Estou atiçando a sua curiosidade? Temo que vá ficar ainda mais decepcionada comigo, caso leia o que escrevi. Sabe, eu não gostaria que ficasse decepcionada comigo. Gosto tanto da sua voz, apesar de ouvi-la tão pouco... Desculpe, não quero criar embaraço. Então, você quer muito ler o meu livro? Vamos ver... Mas, se a minha resposta for sim, você terá de submeter-se a uma condição: ler o meu livro aqui, em voz alta, para que eu ouça. Seria uma experiência interessante ouvir palavras minhas de sua boca... Você concorda desde já? Vou pensar no seu pedido.

8

Decidi escrever um livro porque eu era cor de geléia. Essa foi a razão de fundo. Antes que você pergunte, esclareço: quando tinha dezessete anos, foi assim que um professor de literatura me definiu. Cor de geléia. Ele era um sujeito metido a sensitivo, que gostava de catalogar as pessoas por cores. Essa brincadeira o fazia popular entre os alunos — em especial os rapazinhos, que ele apreciava com uma distância de presidiário, coitado. Ele fixava o olhar no rosto de um aluno e, depois de alguns segundos, como se tivesse enxergado a sua alma, dizia se ele era azul, vermelho, amarelo, verde. Até onde sei, fui o único a ser definido cor de geléia. Ao fixar o olhar em mim, ele demorou-se um pouco mais do que de costume, titubeou e, por fim, deu o seu veredicto. Fiquei intrigado e perguntei-lhe o que significava, afinal de contas, ser cor de geléia, visto que havia geléia de várias cores. Ele não soube responder. Você está rindo? Pode rir, passados tantos anos, é apenas engraçado. Naquele momento, porém, não achei a menor graça. Para falar a verdade, nem mesmo hoje considero divertido o diagnóstico do meu professor. Quando se tem dezessete anos, principalmente, tudo o que você quer é ter contornos bem claros, um matiz bem definido. E cor de geléia não é cor nenhuma, é o nada. Fica entre o vinho e o marrom, eu acho... Bem, não se pode dizer que o professor tenha errado. Eu era mesmo sem cor, e permaneci dessa forma até matar meu pai, quando por fim ganhei uma cor. De que cor é um parricida? Essa é uma pergunta para a qual demorei a ter uma resposta. No entanto, a encontrei. Um parricida é branco, todo branco. O branco do nada que um dia foi tudo. Não entende? Deixe-me ver... O branco da estrela que nasce, desenvolve-se, propicia o surgimento de um sistema a seu redor e morre numa explosão que engole tudo à sua volta, logo seguida de uma incrível concentração de massa que não é mais nada. Somente um ponto branco no espaço. Cores... Até mesmo meus pesadelos eram coloridos. Com o tempo, os sonhos foram dominados pelo preto-e-branco, as cores passaram a ser uma lembrança — e, de lembrança, transformaram-se em conceitos. O conceito de vermelho, o conceito de verde, o conceito de amarelo. E o conceito de branco.

Será que um dia também perderei esses conceitos?

Como ia dizendo, decidi escrever um livro porque essa indefinível cor de geléia impregnou a minha existência até a idade adulta. Ela estendia-se a todos os quadrantes da minha vida. Minha existência cor de geléia era de uma irrealidade quase que absoluta, e eu precisava com urgência tornar-me real — de uma realidade, quero dizer, sem conexão com a do permanente embate com meu pai. É curioso que se recorra à ficção para chegar à realidade, mas acho que é desse jeito que funciona para alguns escritores ou pretendentes a — e eu acabei me transformando só nisso, num pretendente a escritor. Há muitos anos assisti à reprise de uma entrevista com Clarice Lispector. Você já leu Clarice Lispector? Que pergunta a minha, é claro que você já leu Clarice... Como posso saber, se não respondeu? Há algo na sua fala que me faz presumir. Não é minha escritora preferida, mas a figura dela me impressionava bastante. Os olhos amendoados que pareciam vislumbrar um mundo invisível, os dedos tortos, o estranho sotaque de inflexão nordestino-ucraniana. Clarice, em toda a sua humanidade, era um ser imaginário. Pois bem, nessa reprise televisiva, lá pelas tantas ela disse que escrevia para não morrer, que era isso que a mantinha viva. Que, entre o final de um livro e o começo de outro, ela morria. Essa sensação de morte, de inutilidade, de falta de horizonte, de desorientação era o que me afligia naquele momento, por mais que eu cumprisse todas as etapas que um homem deveria cumprir. O término da faculdade, o fim da pós-graduação na França, a mudança para uma casa toda minha, o casamento — nada me tirara desse estado de espírito. A minha angústia era como um ruído. Ora mais alto, ora mais baixo, ora quase imperceptível, mas sempre ali, presente. Depois de assistir à entrevista com Clarice, pensei que durante a confecção de um livro talvez eu conseguisse mantê-la — a angústia, digo — em suspensão. Se tudo desse certo, poderia emendar um livro no outro e, desse modo, levar a vida adiante com algum prazer.

É claro que eu já pensava em ser escritor antes de assistir à entrevista. No entanto, esse foi um ponto importante para que eu resolvesse sair do meu estado de letargia. Um estalo? É, um estalo. Eu dava umas aulinhas numa faculdade ruim, fazia de vez em quando umas traduções, revisava umas teses — tinha tempo de sobra, enfim, para me dedicar a um romance. Mas sempre acabava encontrando uma forma de adiar a hora em que me sentaria diante do computador. Ainda não havia estímulo para transformar a minha angústia paralisante numa angústia estimulante. Dinheiro? Meu pai era rico, você sabe. Depositava na minha conta todos os meses uma quantia polpuda, que aumentou ainda mais depois do casamento, visto que a minha mulher era o que os ingleses chamam de *high maintenance woman*, e meu pai a admirava por isso... Sim, ser sustentado por meu pai era fonte de alguma angústia. Eu era mais uma puta que ele pagava... Eu disse no início que ele não saía com prostitutas? É verdade. Mas era desse modo que eu me sentia — uma puta —, assim como todos os que gravitavam em sua órbita.

Alguns meses antes de assistir à entrevista com Clarice, comecei a fazer análise. Devo reconhecer que a terapia também colaborou bastante para que eu resolvesse escrever. Mas é possível que minha analista acreditasse que a minha iniciativa era apenas uma forma de eu elaborar a neurose proveniente do complexo, aquele... Por que evito falar em complexo de Édipo? Antes de tudo ocorrer, eu só não o citava porque o nome soava ridículo aos meus ouvidos. Talvez por ter presenciado conversas em que as pessoas soltavam com uma naturalidade constrangedora frases como "meu Édipo atrapalha a minha relação" ou "seu Édipo não permite que você encaminhe as coisas da melhor forma". Depois que matei meu pai... Bem, digamos que eu o superei de tal forma — não no sentido psicanalítico, é claro —, que complexo de Édipo está longe de dar conta da minha tragédia. Tornou-se uma expressão fraca demais. Aliás, você já reparou como as palavras e conceitos só são exatos para definir o que ocorre com os outros, jamais com nós mesmos? Ou essa é apenas uma impressão de quem se acha acima dos outros, melhor do que o resto da humanidade, até mesmo quando experimenta o infortúnio? Soube que minha analista escreveu que o meu narcisismo era tão monstruoso que, para me diferenciar dos mortais comuns, eu havia decidido imprimir na minha história a marca do mito, transformando-me no próprio. Parece bastante plausível, mas ainda assim não consigo deixar de considerá-la uma filha da puta por causa dessa interpretação.

9

Da morte de minha mãe até dois anos depois, fui à missa todos os domingos. Era levado por uma velha empregada nossa, que acreditava ser meu dever, como órfão, pedir a Deus pela alma de minha mãe. A arquitetura dessa igreja era curiosa: por fora, ela era simples; por dentro, imponente. Contava com uma nave principal e duas laterais. As colunas que as separavam eram de mármore escuro, com belos capitéis coríntios. A cenografia do altar principal contava com uma imagem de Jesus crucificado, ladeado por imagens de Maria e Maria Madalena. Ajoelhadas, elas olhavam para Jesus. Ao fundo uma cortina púrpura, como as dos teatros de ópera, realçava o conjunto. Em cima, um afresco representava a Ressurreição: Jesus, segurando um estandarte com a cruz, levitava sobre o túmulo que abrigara seu corpo, enquanto soldados romanos protegiam os olhos da luz que emanava do espetáculo divino. Ao lado do altar principal, havia um imenso púlpito lavrado em madeira escura, de onde o padre pregava. Do lado oposto, sobre o portão principal, ficava um órgão prateado, que só era usado em ocasiões especiais. As naves laterais abrigavam capelas dedicadas a diferentes santos, a maioria deles italianos, visto que se tratava de uma igreja financiada por imigrantes daquele país. No altar da nave à esquerda de quem entrava, havia uma imagem de São Paulo da Cruz. No da direita, uma de Nossa Senhora da Conceição.

Foi nessa igreja que fiz a primeira comunhão e que caguei nas calças na cerimônia de formatura do primário, a merda escorrendo pelas meias três-quartos brancas que faziam parte do uniforme da escola. Foram ocasiões marcantes, inclusive pelo fato de que meu pai não estava presente em nenhuma delas. Na primeira comunhão, com a justificativa de que aquilo era só superstição institucionalizada, foi passar o dia fora da cidade, na fazenda de um amigo. Minha mãe ficou bem magoada, mas eu gostei de não tê-lo por perto. Consegui ser protagonista o dia inteiro. Quanto à cerimônia de formatura, não me lembro por que ele não estava lá. Fiquei aliviado pelo fato de meu pai não ter presenciado a minha humilhação pública — e minha mãe não lhe contou nada a respeito, por insistência minha... Ela pode ter contado, sem o meu conhecimento? Duvido: meu pai teria escarnecido de mim. Se não o fez, é porque não sabia.

Essa velha empregada gostava de ir à igreja aos domingos, porque era uma oportunidade de ter alguma vida social. Não que não houvesse sinceridade religiosa em seu hábito. Havia, e muita, como demonstravam seu fervor nas orações e seu quarto cheio de retratos de santos. Mas ela não escondia a felicidade que sentia em poder conversar com suas iguais, algo de que se ressentia em nossa casa tão hierarquizada e cheia de empregados que viviam sendo trocados por meu pai. Por esse motivo, chegávamos à igreja com meia hora de antecedência. Eu aproveitava esses momentos para vagar sozinho pela igreja, detendo-me nas capelas com as pinturas e imagens mais impressionantes. A que mais chamava a minha atenção era a imagem de Cristo morto, deitada dentro de uma urna de vidro. Ela ficava na primeira capela da nave à direita do altar principal (à direita de quem entrava, quero dizer), e era sempre o destino final da minha perambulação solitária. A imagem só saía dali para ser carregada por fiéis na procissão de Sexta-Feira Santa, que entristecia ainda mais as ruas sombrias que ficavam ao redor da igreja. Nunca assisti a uma procissão dessas, meu pai não deixava, mas as descrições de nossa empregada eram tão vívidas que suas cenas ganharam contornos de realidade testemunhada em minha cabeça. É como se tivesse presenciado o andar vagaroso dos encapuzados em túnicas brancas que levavam o Cristo morto, e os homens que iluminavam o caminho com tochas, e as mulheres que erguiam o pai-nosso em um lamento que se fazia ouvir dos andares mais altos dos prédios, embora prédios naquele tempo não houvesse tantos na vizinhança. Será que ainda há essa procissão? Você poderia informar-se para mim? Bobagem...

A imagem de Cristo morto me seduzia e amedrontava, assim como ocorre com os amores que causam atração e repulsa. Sozinho, diante da urna de vidro, eu tentava desviar o olhar, mas era inútil. As chagas nos pés e nas mãos, o sangue que escorria dos ferimentos no peito e na cabeça, a coroa de espinhos que ainda o machucava, todos os pormenores acabavam por mesmerizar-me. Nada naquela igreja parecia tão vivo quanto o Cristo morto, se você me permite o paradoxo. Só saía da frente da imagem quando tocava a sineta que anunciava o início da missa. Não, estou enganado. Só saía da frente da imagem quando via os padres entrando nos confessionários de madeira que ficavam entre as capelas. Eu gostava de confessar-me, para depois receber a comunhão. Meus pecados eram sempre quatro: desobediência, má-criação, teimosia e palavrões. Eu, na verdade, era obediente, educado, prestativo e quase nunca falava palavrões. Mas os pecados eram obrigatórios, para que se pudessem confessá-los e, então, receber a hóstia. Ajoelhado no confessionário, eu murmurava meus pecados ao padre, que me absolvia e prescrevia minha penitência: rezar cinco pais-nossos, cinco ave-marias e três atos de contrição. Era sempre a mesma contabilidade para os meus quatro pecados. Quando saía do confessionário, dirigia-me para o banco onde estava sentada nossa empregada, ajoelhava-me a seu lado e rezava com extrema concentração. "Perdoai-me, Deus, perdoai-me" — era assim que eu intercalava as orações prescritas e finalizava o mea-culpa. Depois de receber a hóstia, na cerimônia de comunhão que ocorre no terço final da missa, eu voltava a ajoelhar-me e rezava um pai-nosso e uma ave-maria, pela minha alma e também pela de minha mãe. A nossa empregada ficava comovida com o ardor com que eu rezava. Tanto que chegou a falar com meu pai sobre a possibilidade de eu me tornar coroinha.

"Esse menino é abençoado", disse ela. Meu pai não respondeu, soltou uma gargalhada sarcástica e mandou-a fazer um café. "Essa aí já deu o que tinha que dar", comentou ele em voz alta, quando se viu sozinho comigo na sala.

Aonde estou querendo chegar com este relato? Bem, acho que ele é necessário para você entender um aspecto importante do meu livro inacabado.

No domingo que antecedeu a demissão da coitada, fiz uma descoberta depois que a missa terminou. Aliás, aquela foi a última missa a que assisti na vida. Também foi a última vez que entrei naquela igreja.

Antes de irmos embora, nossa empregada parou para dar dois dedos de prosa com suas conhecidas. Como aquela conversa não me interessava de jeito nenhum, resolvi dar outra volta pelas naves laterais da igreja. O barulho dos meus sapatos fazia eco, num efeito que eu realçava batendo os tacões no chão. Quase que de forma automática, terminei meu passeio na capela em que repousava a urna de vidro com o Cristo morto. Não havia ninguém por perto — o grupo de mulheres ficara na entrada, próximo à pia batismal. Eu observava as chagas do Cristo, quando uma frase surgiu em minha cabeça: "É tudo mentira. Mas, se fosse verdade, esse vagabundo teria merecido morrer assim."

Comecei a tremer e a suar frio. Como aquele pensamento pudera surgir, meu Deus? "Cristo era um vagabundo, um vagabundo!" A frase agora martelava meu cérebro e, o que era pior, ameaçava sair pela minha boca. Desesperado — sim, desesperado é o termo mais exato para definir a minha situação —, corri para o altar principal da nave, onde havia a imagem de Nossa Senhora da Conceição. Ajoelhei-me diante dela, para rezar quantas ave-marias, pais-nossos e atos de contrição fossem necessários para expiar o meu pecado. Mas o que ocorreu foi pior ainda. Fixei o olhar no rosto de Nossa Senhora e pensei: "Foi essa puta que gerou aquele vagabundo. Ela também deve ser filha de outra puta, que era filha de outra puta, que era filha de outra puta, até o começo de tudo."

Saí correndo. Deparei com um padre que saía da sacristia. "O que há, filho?", ele perguntou, tentando me deter. Desvencilhei-me dele e segui em direção à porta da igreja, onde estava nossa empregada. Puxei-a pela mão. "Precisamos sair! Precisamos sair!", eu gritava. Aquelas frases terríveis continuavam a ecoar na minha cabeça: "Cristo era um vagabundo", "Nossa Senhora era uma puta e filha de outra puta". Já na praça em frente à igreja, olhei para a fachada, dominada por uma cruz, e ainda pensei: "Vou cagar nessa porra toda."

10

Só fui contar esse episódio muitos anos mais tarde — à minha analista, é claro. Ela o interpretou com perspicácia, devo reconhecer: ao xingar Cristo, eu expressara a revolta inconsciente contra a minha própria condição de menino sacrificado por um pai que oscilava entre a cólera e a ausência. Ao fazer o mesmo em relação a Nossa Senhora (da Conceição, não esqueçamos), eu exprimira a raiva, também inconsciente, da mãe que me abandonara e, ao mesmo tempo, ocupava toda a minha existência.

Eu queria ter uma analista naquele momento da minha vida. Porque, depois do que aconteceu, eu passei a ter certeza de que era o Anticristo. A Besta-Fera que viera destruir o mundo. Ao mesmo tempo, uma parte de mim acreditava no contrário: que aquilo era apenas uma prova para testar a minha fé infinita. E por isso eu rezava, e rezava, e rezava. Rezava sempre que as frases vinham à minha cabeça, fosse em casa ou na rua. Quando acontecia de surgirem na presença de outras pessoas, eu rezava de forma que elas não percebessem. Até desenvolvi uma técnica de fazer o sinal-da-cruz em câmera lenta, digamos assim, para que ninguém notasse. A ave-maria sempre vinha depois do pai-nosso. Li num missal antigo, que achei entre os pertences da minha mãe, a ave-maria em latim. Decorei-a e passei a rezá-la em latim porque isso parecia ser mais sublime e, portanto, mais efetivo. *"Ave Maria, gratia plena, Dominus tecum, benedicta tu in mulieribus et benedictus fructus ventris tui, Iesus. Sancta Maria, Mater Dei, ora pro nobis, peccatoribus, nunc et in hora mortis nostrae, Amen."*

Essa angústia que inculcara em mim a certeza de ser o Anticristo duraria um bom tempo. Ela foi se dissipando aos poucos, e um fato determinante para apagá-la de vez foi saber que os romanos costumavam imprecar contra Deus e Nossa Senhora. Para mim, as blasfêmias romanas representaram uma liberação. *"Dio cane"*, *"Porca Madonna"* — essas expressões ainda soam como poesia para mim. Foram elas que me levaram a aprender italiano.

Se acredito em Deus? Eu poderia citar aquela piada de Woody Allen: não sou ateu, e sim a oposição mais fiel a Deus. De qualquer forma, a minha experiência religiosa na infância é importante para você compreender um dos aspectos principais do meu livro inacabado. Eu queria entender como o Mal nasce dentro de nossas almas. Porque essa foi a minha assustadora descoberta naquele dia, como depois tive condição de formular: eu, um simples menino, já era portador de um Mal incomensurável.

As explicações de minha analista, sei. Perspicazes, mas parciais. Davam conta apenas dos detonadores de algo que, para mim, era (e é) preexistente... Se encontrei uma resposta para a minha questão filosófica? Tenho algumas suposições a respeito, mas prefiro deixá-las para mais tarde. Não é preciso ter pressa. Do que mais disponho é tempo. Aliás, é a única coisa de que disponho.

11

Aí está a pasta com *Futuro*. Resolvi antecipar a leitura por três motivos. Primeiro, estou com saudade dos meus personagens — sim, "saudade" é a palavra certa. Segundo, estou ansioso para saber sua opinião a respeito do livro — não é curioso que eu mal a conheça e já precise de sua opinião? Por último, acho que *Futuro* a ajudará a compreender alguns dos meus processos. Alguns, bem entendido.

A principal condição para que você o leia, repito, é fazê-lo em voz alta. Não creio que a leitura tomará mais do que quatro sessões. Há outras condições. Você não poderá levar a pasta para casa. Ao término de cada sessão, vou conferir o número de folhas que estão dentro dela. Desculpe a desconfiança, mas não gostaria que pessoas estranhas tivessem acesso ao meu livro. Leia devagar, por favor, e não tente emprestar vozes diferentes aos personagens. Deploro esse tipo de teatralidade. Por último: nada de comentários durante a leitura. Também não quero ouvir observações após cada sessão. Você lerá e irá embora, em silêncio. Conversaremos apenas depois de você chegar ao fim do livro. Está combinado?

Será um prazer ouvir de sua boca o que escrevi.

FUTURO
(ROMANCE)

I

Ao ler no jornal que uma leve pressão no lóbulo da orelha poderia causar um ataque cardíaco fulminante, Antônimo passou a desconfiar de Bernadete. Afinal, tratava-se de um método ainda mais sutil que despejar chumbo derretido no ouvido da vítima. A notícia de caráter científico duvidoso adquirira o aspecto de confirmação. Não só quanto ao motivo de alguns carinhos de sua mulher, como em relação à tese que andava alimentando. Certo dia, enquanto aguardava o banheiro ser desocupado, um inusitado pernilongo matinal zuniu na entrada de seu ouvido esquerdo. Fosse outro momento, Antônimo se limitaria a emitir um resmungo e estapear o vazio. Mas naquele horário diurno, quando um homem saudável apresenta todas as baterias carregadas, o zumbido do inseto serviu para uma rápida, e nem por isso inconsistente, formulação. Depois de esmagar o pernilongo contra a parede, Antônimo se deu conta de que pelos ouvidos, e não pelos olhos, os homens são seduzidos. Que o canal auricular liga seu corpo e espírito. Afaguem-se os tímpanos do mais medíocre dos seres, e este se acredita um sábio; morda-se, mesmo que com leveza, a orelha de um sábio, e ei-lo reduzido a um zero. De posse desse princípio, seria possível escrever, por exemplo, um ensaio sobre os aspectos nocivos da crítica construtiva. Mas Antônimo jamais faria isso. Ele seria enredado por acontecimentos ordinários que desaguariam no extraordinário.

Nada mais ordinário do que uma separação conjugal. A estabilidade durara dez anos, e teria se mantido por outros tantos não houvesse Bernadete tomado coragem e decidido partir, depois de dar uma longa e civilizada explicação de motivos.

— Preciso conviver com gente normal — justificou-se, por fim, antes de pegar as malas, preparadas de antemão, e rumar para a casa de uma amiga do trabalho.

Diante da cena asséptica, Antônimo sentiu orgulho: sua mulher aprendera à perfeição a dominar reações barulhentas.

— Posso fazer uma última pergunta? — indagou Antônimo.

— ?

— Você já pensou em me matar?

Bernadete entrou no elevador.

II

A alteração na rotina conjugal teve reflexos imediatos em seu trabalho. Ele não conseguia produzir tiradas suficientes para manter um bom ritmo de artigos opinativos, e suas reportagens andavam abaixo da crítica — abaixo da crítica até mesmo para a porcaria do jornal em que trabalhava, ele era obrigado a reconhecer. A falta de produtividade permitiu que o editor começasse a enxergar nódulos no estilo felpudo de Antônimo, até então um motivo de orgulho para ele, editor, que se acreditava o "descobridor daquele garoto". Sempre que o ouvia soltar essa frase, Antônimo pensava que jornalistas chefes eram mesmo como cafetões — sempre ávidos para encontrar novos talentos. Pena que daquele biscate não sairia mais nada:

— Artigo na primeira pessoa, Antônimo? Isso não é compatível com o jornalismo moderno.

— Antônimo, por favor, use menos "poréns". Seus textos estão cheios de muletas.

— Escute aqui, Antônimo: por que você não usa a primeira pessoa? É mais moderno.

— Uma muletinha, aqui, até que não iria mal, Antônimo.

— Acho que chegou a hora, Antônimo, de você dar um tempo para pensar na vida. Sem ressentimentos, OK?

Antônimo estava fora do jogo. Como fizera inúmeras inimizades nos demais jornais e revistas, era difícil que voltasse a trabalhar numa grande redação.

— Bom, pelo menos muita gente está feliz neste momento — murmurou, enquanto fechava o vidro da janela do carro na cara de um moleque que lhe pedira esmola. Nada de auto-indulgência, nada de indulgência com o próximo. Sem ressentimentos, OK? — era assim que deveria ser.

"*Em teoria é possível amar o próximo. Mas de longe. De perto, é quase impossível.* Bernadete gostava de citar essa frase quando me via imprecando contra os andrajosos que tomaram conta da cidade", lembrou-se.

Antes de ir para casa, ele ainda pensou em procurar alguém que lhe pudesse fazer companhia naquele primeiro jantar de desempregado. E foi só então, não sem alguma perplexidade, que Antônimo constatou na pele (o que é bem diferente da constatação intelectual) que estava isolado já havia anos. Ele delegara a Bernadete a função de estabelecer contato com o mundo exterior, o que havia significado sair apenas com amigos e colegas dela. Sua vida social restringia-se ao ambiente de trabalho, e esse fato dava à expressão "vida social" uma acepção restrita demais. Só lhe restavam mesmo os inimigos. Mas até estes eram distantes, e não próximos. Porque há também os inimigos do peito, com os quais se pode tentar uma reconciliação a qualquer momento, pelo fato de terem sido amigos antes da briga que ocasionou a ruptura, e os inimigos longínquos. Com estes, o confronto em geral se dá antes que ocorra qualquer tipo de simpatia ou coincidência de idéias. Em sua base, podem estar um rápido comentário feito a terceiros, um olhar um pouco enviesado, uma discordância sem maior relevância sobre um assunto igualmente desimportante. Por ter sido estabelecida logo na origem de um contato, a inimizade distante é eterna. É impossível haver reconciliação onde nunca existiu conciliação.

Sem companhia, Antônimo foi parar naquele que é o refúgio dos solitários: a lanchonete. Numa lanchonete, mesmo nas que não têm balcão e sim mesinhas, é possível comer sozinho sem atrair a piedade de quem está acompanhado — algo inviável num restaurante. A solidão numa lanchonete parece sempre circunstancial, ou até desejada pelo cliente que aparece sozinho. Rápida e sem gosto, como as refeições servidas num lugar assim. Esse efeito de solidão desejada podia ser realçado, ainda, com a leitura de uma revista.

A partir daquela noite, Antônimo passou a gastar um dinheiro razoável na compra de revistas que não lhe interessavam de fato. Não demoraria tanto assim para que ele tivesse saudade da época em que não tinha amigos — ou em que os inimigos eram distantes.

III

— É isso mesmo?

— O quê?

— O nome que está aqui em sua identidade.

— Por incrível que pareça, é. O escrevente estava meio alto, bateu um eme a mais.

— Seu pai podia ter consertado. Ou você.

— Pois é, mas fiquei Antônimo. Já pensei em corrigir, mas este é um país de nomes ainda mais esquisitos... Isso a incomoda?

— Por que me incomodaria?

— Qual é o seu nome?

— Bernadete.

— Gozado.

— O quê?

— Sempre tive a impressão de que falta um erre em Bernadete. Que o certo mesmo é Bernardete. Sabe, quando eu era criança, meti na cabeça que deveria ser devoto dessa santa. Fiquei impressionado com um filme sobre ela.

— Já eu adorava o Menino Jesus de Praga.

— O do dedinho.

— É.

— Eu tenho algo a mais e você parece ter a menos.

O círculo letárgico em que revivera o primeiro diálogo com sua ex-mulher desfez-se ao som do alarme de carro. O silêncio abandonara de vez o mundo. Acuado pela taquicardia, e pelo gosto amargo do sono barbitúrico, levantou-se. A intenção de Antônimo, ao decidir-se pela regularidade no uso desse tipo de remédio, não fora fugir, e sim adiar o enfrentamento com a situação de crise. Abolir, eliminar, cancelar todo e qualquer drama da existência — fazer com que a vida se depurasse em um quadrado branco sobre fundo branco —, este era seu mote.

Quando abriu a janela e a brancura da roupa de cama o ofuscou, ele acreditou ter atingido o objetivo, sem perceber que a luz do dia apenas rasurava sua alma, escondendo os fantasmas que também habitavam as dobras dos lençóis desarrumados. Com um sorriso estúpido, coçou o dedão e foi para o banheiro.

A ilusão durou só um minuto. A arrumação simétrica das faxineiras apresentava-se desconfortável pela primeira vez. As calcinhas no boxe, as gavetas do gabinete da pia entreabertas, a água-de-colônia destampada: nunca mais Bernadete? Já fazia meses que ele vegetava na solidão. Por entre os pontinhos de pasta de dente salpicados no espelho da pia, Antônimo examinou sua imagem. Em frente ao espelho, jamais perguntara quem sou eu, mas esse sou eu de verdade? Como se aquele rosto encobrisse uma essência insondável, que não se reconhecia naqueles traços, gestos, emoções e pensamentos. E o terror dessa breve lucidez o matava um pouco.

Pilatos de si mesmo, lavou as mãos e os olhos. No trajeto para a cozinha, o telefone tocou.

— Antônimo?

— Sim?

— Hemistíquio.

— Há quanto tempo...

— Pois é, acho que já faz o quê?... oito anos que não nos vemos.

— Por aí.

— É difícil ser seu amigo. Você não procura ninguém, tem sempre de ser procurado.

— É, sou assim mesmo.

— E cá estou eu outra vez. Sabe por quê? Porque você é uma pessoa que vale a pena.

— Espero decepcioná-lo.

— Você vale a pena.

— Meu telefone, você conseguiu...

— Com Bernadete, encontrei-a num jantar de confraternização. Do trabalho dela, eu acho.

— Você num jantar desses?

— Foi no meu restaurante.

— ...

— Alô?

— Alô... Seu restaurante?

— Há quem chame de churrascaria. Anote o endereço.

Hemistíquio conhecia em detalhes o que todo mundo havia esquecido. As figuras de linguagem, por exemplo. Tratava-se de um sujeito que não precisava recorrer ao dicionário para dizer o que era anástrofe. Isso o fazia desenvolto. Poeta, escritor, tradutor, editor, mestre em filosofia — os rodapés biográficos de seus artigos variavam ao sabor das necessidades. Contrastavam com a fidelidade a certos aditivos e lubrificantes estilísticos utilizados em suas considerações a respeito de tudo. Mas o grande lance de sua carreira fora domar a tempo o humor ferino. Ainda bem jovem, quase pusera tudo a perder quando chamara um poeta concreto renomado de "(in)significante". Ele era divertido, bom papo, mas intenso demais. Difícil de conviver. Conseguia estar sempre cercado de amigos, graças ao fato de que estes nunca eram os mesmos.

Antônimo estava espantado: Hemistíquio Borba Filho, o protótipo do intelectual nacional, acabar churrasqueiro.

IV

A fugacidade de seu desejo encontrara uma proporção renascentista no preço para saciá-lo. E, além do mais, não estava no momento de gastar muito. O volte sempre ficou para trás, e ele desceu no elevador, enterrado vivo. Naqueles dias tão previsíveis em sua infelicidade ele havia se agarrado à rotina, à disciplina, à escala horária. Aquela hora semanal com prostitutas fazia parte desse desenho.

A dúvida à porta do edifício foi breve: viu um andrajoso à esquerda, seguiu para a direita. Descortinou a catedral, um inseto com antenas góticas e uma maçã podre nas costas, à guisa de cúpula. Um fedor de urina e fritura transpirava do mosaico português da calçada. Antes de subir a escada, desvencilhou-se da cigana que insistia em ler sua mão, driblou o vendedor de limões, empurrou o menino de rua que agarrara suas calças. O interior da igreja não era muito diferente da realidade que a circundava. Se a beleza perturba a ascese, a feiúra também o faz. Portanto, nada de elevação, paz interior ou reconciliação com a espécie humana durante o tempo em que Antônimo permaneceu sentado. Ali estava apenas mais fresco.

Um padre saíra por uma porta vizinha ao altar principal, e agora caminhava em sua direção. Antônimo levantou-se. Seria possível?

— Padre Farfarello...

Domenico Farfarello havia sido seu professor de gramática na escola. De estatura baixa, calvo, olhos cerúleos e nariz aquilino, ele costumava passar um bom tempo diante do espelho, ensaiando expressões que causassem medo nos alunos relapsos, tal como um Calígula da pedagogia. Pelo menos essa era a lenda que corria no colégio de religiosos italianos em que Antônimo estudara.

— É mesmo você, Antônimo! Que boa surpresa! Foi Deus a guiar meus olhos para o banco em que você estava sentado. Nós não vemos desde...

— ...Desde o enterro de monsenhor Salviati.

— Salviati, um bom servo de Deus... Lembre-se de que você morrerá.

— Lembre-se de que você morrerá.

A antiga saudação eclesiástica que Salviati adorava usar os fez rir.

— Como você está, Antônimo?

— Não sei, padre.

— É a resposta certa, meu filho. Tenho a impressão de que fui colocado no seu caminho para ajudá-lo.

— Ajudar-me...

— Ajudá-lo.

— Acho que não perco nada em conversar com o senhor.

— Vamos à sacristia?

— Não. O senhor não prefere almoçar comigo?

— É um convite?

— Claro.

Escolheram um pequeno restaurante, àquela hora já meio vazio.

— Meu casamento acabou e fui demitido. Este é o resumo. Tudo muito banal, enfim.

— *I guai vengono bensì spesso, perchè si è dato cagione.*

— *Ma la condotta più cauta e più innocente non basta a tenerli lontani.*

— *Però quando vengono, o per colpa o senza colpa, la fiducia in Dio li raddolcisce, e li rende utili per una vita migliore.*

— A frase de Manzoni seria um xeque-mate, padre Farfarello, se eu não fosse ateu.

— Nem o diabo é ateu, meu filho. Se você fosse mesmo ateu, não estaria falando das suas aflições com um padre.

— Sua ordem, se não me engano, pratica o exorcismo. Deve ser divertido. Virou até espetáculo de televisão.

— Não subestime o demônio. Ele é parte de Deus e nasceu do Seu tédio, que sobrevive dentro de cada um de nós. Quantos não incorrem no erro apenas para fugir à sua própria rotina? A maioria, na verdade. Por esse motivo, também, Deus pode perdoar: Ele mesmo pecou ao sucumbir ao tédio e criar o Mal. E foi Criador, assim, do pecado.

— Heresia.

— Não, longe disso. Deus pecou e, dessa forma, criou o pecado, porque isso fazia parte do Seu Plano. O tédio que O moveu também foi uma criação Sua: um pretexto inteligível a nós, mortais, a quem não é dado compreender tudo o que emana da vontade divina.

— Essas cambalhotas teológicas deveriam ser uma modalidade olímpica, o senhor não acha? Mas ninguém conseguiria bater o recorde de Santo Agostinho, que inventou o pecado original. Foi ele, não foi?

— Você sabe qual é a base do pecado original, meu filho?

— Gostaria de saber.

— Agostinho enxergou na queda de Adão uma motivação sexual. Foi a concupiscência carnal que o levou a pecar. E esse pecado é repetido toda vez que um homem e uma mulher geram um filho. Isso porque, para que haja nascimento, é preciso haver a mesma concupiscência carnal que condenou Adão. A concupiscência que significa um desejo egoísta. O bispo de Hipona não inventou o pecado original, apenas o desvendou por graça de Deus.

— Como eu dizia, Santo Agostinho é imbatível. Aliás, o fato de ter sido tão extraordinário... A África no século V deveria ser bem tediosa. Talvez Santo Agostinho tenha se lançado a montar sistemas teológicos apenas para escapar à chatice que o cercava.

— Não confunda as coisas, Antônimo: o tédio jamais move os grandes homens. O que os impulsiona é a Idéia — que é o mesmo que o Absoluto, a unidade de subjetividade e objetividade. E o que são esses conceitos senão uma expressão filosófica de Deus na sua plenitude?

— Esse é o ponto de vista da direita hegeliana. Para a esquerda, não é nada disso. E a esquerda hegeliana venceu, padre. Pelo menos aí, a esquerda ganhou.

— É preciso escolher um lado, meu filho. E eu estou sempre do lado dos que estão com Deus, ainda que eles tenham sido derrotados. Você já leu Hegel, meu filho?

— Muito pouco. Andei fechando o caderno cultural do jornal em que trabalhava. Hegel num jornal, imagine só...

— É Deus, enfim, que leva os grandes homens a realizar seus feitos. Mas nunca por meio do tédio, e sim pela vontade de conhecer a Deus.

— Não seria a ambição que os move?

— Até a ambição pessoal dos grandes homens obedece ao Plano Divino. Vamos até a sacristia depois do almoço. Vou lhe dar um texto de Hegel que julgo bastante esclarecedor — embora, como padre, eu não possa concordar com a conclusão hegeliana de que o destino de toda religião é o ateísmo.

— Ora, ora, então Hegel era mesmo de esquerda...

— Quanto sarcasmo, Antônimo. Você não sabe que os filósofos podem falar verdades sem chegar à Verdade? Muitos se perdem no caminho.

— E quanto às mentiras? Elas podem ser alicerce da Verdade?

Farfarello sorriu.

— Antônimo, você ainda não faz idéia do alcance do que proferiu como simples ironia. Vamos, tenho pressa.

"Um dia completo, este. Trepei com uma puta, conversei com um padre e voltarei para casa com um pedaço da filosofia alemã debaixo do braço", pensou Antônimo.

V

Vez por outra, Antônimo mastigava a melancolia dos finais de tarde com um pacote de biscoitos de maisena. Ele aproveitava esses momentos para tecer associações mais ou menos livres. Qualquer fato servia de estopim para que iniciasse uma série. Uma das seqüências que mais lhe causaram satisfação foi propiciada por um tropeção:

"Tropecei e quase caí. Se tivesse caído, teria me machucado. Se tivesse me machucado, estaria de cama. Um médico viria me examinar e me daria um remédio. Muitos remédios antigos eram feitos com drogas orientais. Segundo Aristóteles, os ventos nasciam no Oriente. Aristóteles foi professor de Alexandre, o Grande. Alexandre, o Grande, foi senhor do mundo. O mundo, para os gregos, era sustentado por Atlas. Atlas era forte. A força é simbolizada por colunas. As colunas servem para sustentar os prédios. Os prédios são feitos por pedreiros. Os pedreiros são dirigidos por engenheiros. Os engenheiros obedecem a desenhos de arquitetos. O desenho é parte da pintura. A pintura é uma arte. As artes liberais são sete. Sete eram os sábios que estudavam a eloqüência. A deusa da eloqüência é Minerva."

Uma semana depois do encontro com Farfarello, Antônimo comia biscoitos de maisena enquanto fazia uma associação que, partindo de sapólio, já estava em supercondutores. Mas ele não chegou ao que poderia ser o fim dessa cadeia de pensamentos.

— Como sou inútil. Bernadete fez muito bem em me deixar.

Antônimo deixou o pacote de biscoitos na cozinha e foi para seu quarto. Na sua mesa-de-cabeceira jazia desde uma semana o texto que Farfarello lhe dera — e ele não lera.

— Será que Hegel fazia associações tão banais quanto as minhas?

Antônimo resolveu seguir a prescrição de ler o texto do filósofo alemão. Na realidade, tratava-se de uma compilação de frases de Hegel em que estava resumida a concepção de que todos os grandes homens da história eram impulsionados pelo Espírito do Mundo, por mais que suas ações parecessem derivar, inclusive aos próprios olhos deles, apenas de seu interesse pessoal. Esses grandes homens, que podiam ser chamados de Heróis, eram capazes de enxergar aquilo que era necessário fazer em sua época e, por conseqüência, de iluminar a Verdade que habitava todos os seres humanos, e para a qual a maioria não atentava. Em seu caminho, haviam recebido muitas vezes o conselho de agir com cautela, mas ainda assim seguiram adiante. E, dessa forma, acabaram por ser seguidos por aqueles que viram encarnados nesses grandes homens o seu próprio desejo e a sua própria alma.

De todas as frases, uma ficou gravada na cabeça de Antônimo: "A coragem da verdade e a fé no poder do Espírito são a primeira condição da filosofia. O homem, já que é Espírito, pode e deve considerar-se como digno de tudo o que há de mais sublime. Nunca poderá superestimar a grandeza e o poder de seu Espírito. E, se dispuser dessa fé, nada terá força e resistência suficientes para escapar de revelar-se a ele."

Já passava das nove da noite quando Antônimo foi encontrar-se com Hemistíquio.

VI

A escultura de um boi branco com chifres dourados dominava a entrada do restaurante Boitempo. Embaixo dela havia uma placa de mármore com a seguinte inscrição:

Destruirei a sabedoria dos sábios
e rejeitarei a inteligência dos inteligentes.
Onde está o sábio? Onde está o homem culto?

— Mesa para quantos, senhor?

— O senhor Hemistíquio está à minha espera.

— Qual é a sua graça?

— Nenhuma, sou o sujeito menos engraçado do mundo.

— ?

— Antônimo.

— Um momento, senhor.

Ele esperava uma churrascaria com aspecto de refeitório — ao estilo colonial ou coisa que o valha — e encontrara um restaurante bastante peculiar. O primeiro ambiente era um bar em madeira escura, cujas paredes exibiam painéis com desenhos de cenas de tauromaquia. Os *barmen* e garçons moviam-se em silêncio, o barulho de copos e garrafas era quase inexistente.

— Um *dry martini*, por favor.

Enquanto bebericava, observou melhor os desenhos. Homens e touros enfrentavam-se com expressão feliz. Em um dos desenhos, o toureiro, na iminência de ser golpeado, apresentava as feições decompostas de quem está prestes a atingir um orgasmo.

"Engraçado, isso me lembra o êxtase de Santa Teresa esculpido por Bernini."

— Gostou do desenho?

— Ele é estranho neste contexto, assim como a inscrição na entrada da churrascaria.

— Na verdade, isto aqui é mais do que uma churrascaria.

— Sei, é um novo conceito de churrascaria, como diria um assessor de imprensa.

— Pode brincar, não me importo.

— Desculpe, Hemistíquio, eu não deveria estar falando assim com quem vai me fornecer um jantar de graça. Estou impressionado com sua churrascaria ou o que quer que seja isto aqui. Verdade. Onde você arrumou dinheiro?

— Digamos que com uma chantagem até certo ponto emocional. Vamos para o salão.

Um corredor de três metros de largura por quinze de comprimento ligava o bar ao salão. Três arandelas em cada lado tingiam com uma luz amarelada as pessoas que o atravessavam. Sobre a entrada do salão, um enorme minotauro lançava um sorriso aos passantes.

Ao adentrar o salão, Antônimo engoliu em seco. Em todas as paredes, havia cenas de orgias culinário-sexuais protagonizadas por sátiros e ninfas. No piso, mosaicos formavam imagens de restos de comida: caroços de azeitona, cascas de frutas, ossos de frango, espinhas de peixe, pedaços de carne.

— Surpreendente, esquisito: sei que está difícil escolher o adjetivo. Mas eu usaria o termo "adequado": este lugar foi idealizado para celebrar a vitória dos sentidos sobre a razão. Veja como todos se sentem à vontade. Vamos nos sentar naquele canto. Outro *dry martini*? Risério, mais dois.

— Então ela esteve aqui.

— Bernadete? Gostou muito. Mas a decoração do salão não era a mesma.

— Você falou em chantagem até certo ponto emocional.

— Foi como eu consegui o dinheiro.

— Seu trabalho intelectual, é claro, não lhe renderia tanto.

— Queimei tudo o que escrevi. Também pus fogo na minha biblioteca.

— Você fez o quê?

— Por partes. Primeiro, a chantagem. A mulher de um candidato a senador. Bonita, até. Pois bem, tive um caso com ela, e o documentei.

— Estou sem palavras.

— Eu tinha de viver de verdade. Tinha de viver a verdade.

— Vamos lá: e o que é a verdade?

Hemistíquio sorriu.

— Você se lembra do Augusto?

— Claro.

— Ele também fez essa pergunta.

— E qual foi sua resposta?

— Não soube dar na época. Mas o Augusto acabou descobrindo a verdade dele — que, de um determinado ângulo, também é a verdade de todo mundo.

— Como ele está?

— Matou-se.

— O quê?

— Depois de degolar a mulher.

— Enlouqueceu...

— Deixou uma carta para mim. Na verdade, algo como uma poesia. Sei de memória: "Da língua à lâmina, nenhum limite. Num golpe a galope, rasgo a garganta do meu amor. E, entre as cordas tão vocais, procuro, não acho e me pergunto onde encontrar as palavras que enterneciam os ouvidos."

— Foi premeditado.

— Ele escreveu depois de matar a mulher. O papel estava sujo de sangue.

— É essa a resposta, o desespero?

— Seguir o impulso, a expressão mais pura dos sentidos.

— A morte.

— A morte é contingência.

— Não a sua, cínico. Estou com fome.

— Ei-la!

— O quê?

— A chave da minha verdade. Ao repasto, *monsieur*.

— Assim seja.

E assim foi. E assim seria. Felizes os convidados para a ceia de Hemistíquio.

Na memória de Antônimo, ganharia os contornos de uma alucinação a orgia de picanhas, maminhas, fraldinhas, lombinhos e cupins, temperada por verduras e legumes variegados, em cozimento perfeito. A regar o banquete, um vinho que, logo ao primeiro copo, aguçava os sentidos, afugentava a angústia, parava o tempo. Carne, vinho, carne, vinho: os garçons sucediam-se nas oblações feitas com reverência, como se ali estivessem sentados os senhores do mundo. Perdeu-se a noção das horas. Três, quatro se passaram? Impossível dizer. Hemistíquio transfigurara-se.

— Eis o mistério da fé! Que foi revelado por mim, só por mim! Música de corpo presente, onde está ela?

Na mesa ao lado, um grupo de alemães bastante embriagados ergueu-se e começou a entoar o hino *Deutschland über Alles*.

Hemistíquio gargalhou.

— Não essa, não essa!

E, então, o salão foi tomado por vinte músicos com roupas de cores vívidas e adereços brilhantes, que carregavam estranhos instrumentos de percussão e de sopro. Eles tocavam uma melodia que parecia ser oriental, e cantavam versos de uma língua indecifrável. Em seguida, surgiram doze dançarinas — quatro morenas, quatro loiras e quatro ruivas. Vestidas com roupas transparentes e decotadas que deixavam entrever contornos perfeitos, elas contorciam-se e rebolavam por entre as mesas, emitindo a intervalos aquele som agudo que as muçulmanas soltam em ocasiões de festa ou de luto.

— Toque as mulheres, Antônimo. Pode tocar. Venha cá, belezinha, quero que meu amigo deslize as mãos sobre você. Veja, Antônimo, como ela é lisa, como é macia... Nem seda, nem cetim: não há nada mais agradável ao toque do que uma pele dessas. *Speak, hands, for me.*

O salão agora girava em torno de Antônimo. Um perfume suave penetrara não só em suas narinas, mas também em seus poros. Era como se não houvesse mais fronteira entre exterior e interior, entre ele e seus companheiros de bacanal.

— Um só corpo, uma só alma!

Hemístiquio dançava sobre a mesa.

Num efeito lisérgico que se propagava em todas as direções, os sátiros e as ninfas se desgrudaram das paredes e se juntaram às dançarinas e aos músicos. Com voz gaiata, os sátiros cantavam uma música de estrofe única:

Enojado, vomito
um resquício guardado,
amor, eterno sonhar
ao quadrado

Um deles (ou teria sido Hemistíquio?) aproximou sua carantonha do rosto de Antônimo.

— Se não sois mãe nem madrasta, Natureza, se a vós não importam as venturas e desventuras humanas — como afirmastes mais de uma vez —, resta-nos, então, ou espernear em vossa cornucópia, na esperança de um eco metafísico, ou ignorar tanta indiferença, e usufruir dos mistérios gozosos da existência...

— Ecos de Leopardi... Um dia eu li Leopardi... Como eu amo Bernadete! Quem sabe, se eu usasse roupas de cores alegres, como a desses músicos... Ela cansou de pedir. Uma camisa amarela, uma nuvem de calças... Não, não estou triste. A nostalgia do meu amor naufragado fornece tantas possibilidades. Todo mundo está trepando, eu também quero, mas não sei se consigo... O que você colocou nessa comida, Hemistíquio? O que você colocou nesse vinho, Hemistíquio? Hemistíquio, onde está você? Onde está o sábio? Onde está o homem culto? Bernadete!

Tudo se apagou nesse chamado.

VII

— Oi, lembra de mim?

Antônimo sondou as rugas discretas que contrastavam com o ar juvenil.

— Confesso que não.

— Kiki, estudei com você no colégio.

— Ah, sim, Kiki. Mas onde é que estamos, Kiki?

— No escritório de Hemistíquio. Você desmaiou ontem à noite, e nós o trouxemos para cá.

— Nós? Você estava no salão?

— Cheguei no fim da farra... Faz tanto tempo que não encontro ninguém da nossa turma de escola. A gente podia se reunir de vez em quando, né? Leio sempre seus artigos. Não entendo muito, mas em geral gosto. Você era bom em redação...

— Não escrevo mais.

— Mentira!

— Deixe ele em paz, Kiki.

— Ai, que coisa, Hemistíquio, você vive me enchendo. Vou deixar meu cartão com você, Antônimo. Vê se liga, tá? Você está um gato. *Ciao*.

Enquanto olhava a bunda de Kiki se afastando, Antônimo pensou como pode ser constrangedor fazer parte do passado de certas pessoas.

— Você conhece a Kiki?

— Pois é, foi minha colega.

— Carne de primeira.

— Passou um pouco do ponto.

— Mas continua gostosa. E, o que é melhor, adora dar.

— Isso está ficando com cara de diálogo de filme nacional. Que loucura, ontem à noite. É sempre assim em sua churrascaria?

— Digamos que foi uma noitada especial, em sua homenagem.

— Foi desse jeito com a Bernadete?

— É claro que não. Ela teve um jantar normalíssimo.

— Estou curioso: por que você entrou nesse negócio?

— É uma longa história. Não sei se você está em condição de ouvir agora.

— Estou, pode contar.

— Talvez você não saiba: entrei em depressão profunda dois anos atrás. Minha carreira intelectual não me levara a lugar nenhum — a não ser a debates sobre temas bizantinos e às camas de pós-graduandas em Letras. E mesmo essa segunda parte já não era tão excitante. Sentia-me sem energia, era difícil levantar da cama de manhã, pensamentos de morte me assolavam. Bem, o inventário de sintomas de depressão é conhecido. Procurei um psiquiatra, que me deu um remédio desses de última geração. Melhorei o suficiente para perceber como minha existência havia sido uma sucessão de equívocos até aquele instante. Se continuasse naquela toada, o máximo a que eu poderia aspirar seria um obituário de quinze segundos na televisão educativa, embalado por um violãozinho clássico. Você já notou que toda matéria cultural de jornal de televisão tem ao fundo um dedilhado de violão? Mas não era a necessidade de reconhecimento que me afligia mais. Eu deixara de ver sentido no que escrevera — e também no que os outros haviam escrito. Eu precisava de vida.

— Não me sinto muito diferente no momento.

— De certa forma adivinhei que você não estava bem. Foi por isso que liguei.

— Então, como Paulo na estrada para Damasco, você teve uma iluminação e descobriu que precisava ser dono de uma churrascaria.

— Por que o sarcasmo?

— É uma distorção profissional, além de uma estratégia de autodefesa.

— Continuando. Numa tarde que se projetava modorrenta como todas as minhas tardes de intelectual desocupado, eu estava debaixo do chuveiro, com meu corpo ligado no piloto automático: mãos, braços e pernas executando a seqüência de movimentos obrigatórios que faz um banho ser igual a todos os outros. Nunca estamos mais distantes de nós mesmos do que quando tomamos um simples banho, você já reparou? Mas aquele foi diferente. Ao ensaboar as solas dos pés, senti, como se fosse pela primeira vez, o quanto elas eram macias. Essa constatação, que nunca se afigurara tão nítida, deixou-me espantado. Espantado, não, assustado. Meus pés pareciam ser os de um recém-nascido. Não era possível que fossem os de um homem de 36 anos. Não combinavam com minhas entradas, com minha ironia. Pois bem, naquele mesmo dia, fui almoçar com um irmão a quem não via fazia algum tempo. Encaminhei a conversa para nossas semelhanças e dessemelhanças (no fundo, acho que não se fala sobre outro assunto com um irmão), e comecei a falar o quão feios eram os pés da nossa família, com dedos tortos etc. Insisti tanto nesse ponto que ele tirou os sapatos para examinar os seus. Era o que eu queria. Meu coração disparou ao vê-los: os pés do meu irmão tinham as solas duras, ásperas, calejadas. Expressei minha perplexidade com a diferença. Ele sorriu, e respondeu: "Também, Hemistíquio, você vivia enfurnado, lendo. Não brincou descalço como eu brinquei." A frase banal, tão repetida ao longo da minha vida familiar, daquela vez calou fundo. Voltei para casa menos deprimido do que envergonhado. Sim, fui tomado pela vergonha mais chã, pela sensação de ridículo de quem se vê nu no meio de uma multidão. O orgulhoso Hemistíquio, o arrogante Hemistíquio, não passava de um poltrão. Minha vida intelectual significava o contrário do que eu imaginava. Desde criança, os livros não haviam servido para que eu conhecesse o mundo, e sim para que eu o desconhecesse. Por meio deles, descobri, eu me afastava da realidade, ou a tornava mais adequada aos meus estreitos parâmetros, o que dá na mesma. Eu preferia ler a descrição de uma paisagem a observar a paisagem. Preferia ler sobre o amor a sentir amor. Preferia ler sobre a dor a experimentar a dor. E, para esconder minha fraqueza, usava o conhecimento como chicote contra quem ousava se aproximar de mim. Meu saber, que no fim das contas nem era tanto e para o qual essa palavra — "saber" — parecia uma roupa grande demais, servia apenas para inspirar medo. Nada mais do que medo. Ele nunca fora capaz de despertar alegria em mim ou de levar alguém a vislumbrar aspectos novos do mundo.

Antônimo não conseguiu evitar uma risada.

— "Vislumbrar aspectos novos do mundo." Essa é boa, Hemistíquio. Sabe o que isso é? Conversa de pedagogo. Entrevistei alguns, e eles sempre dizem o mesmo: "Educar é levar as pessoas a vislumbrar aspectos novos da realidade, a partir de uma perspectiva crítica."

— Eu falei em "perspectiva crítica"?

— Não, mas seria um bom complemento.

Hemistíquio levantou-se e foi até a janela que dava para o que parecia ser um pátio interno. Antônimo aproveitou para examinar o escritório do amigo. As paredes eram inteiramente nuas, de um azul-claro de delegacia. Ao lado da janela, havia uma mesa de madeira escura e pesada, toda marchetada, assim como a cadeira de espaldar alto que ficava atrás dela. Duas cadeiras de visitantes, mais baixas, completavam o conjunto. Sobre a mesa, uma pequena quantidade de folhas de papel empilhadas com cuidado e um porta-lápis de metal cromado só faziam realçar o vazio. O sofá em que Antônimo acordara ficava na parede oposta à da mesa. Era de couro preto e estalava de novo. À frente do sofá, sobre um tapete branco, existia uma mesa de centro que hospedava revistas e jornais arrumados também com esmero. As publicações datavam da semana anterior, o que reforçava a impressão de que aquele era um local pouco usado. "Talvez seja apenas o abatedouro das vaquinhas de Hemistíquio", pensou Antônimo.

Depois de permanecer em silêncio por alguns minutos, Hemistíquio saiu da janela.

— Será possível que estejamos enganados em relação a você, Antônimo?

— "Estejamos enganados"?

— Que eu esteja enganado, quero dizer.

— É quase certo que sim. Minha missão na Terra é decepcionar.

Hemistíquio, então, aproximou-se de Antônimo e o encarou bem de perto, como se vasculhasse dentro de suas retinas.

— Não, não estou enganado. Há algo em você que clama por ser libertado.

— Você está me assustando, Hemistíquio. Alguém me olhou da mesma forma ontem à noite, antes de eu apagar. Foi você?

— Não. Quer que continue com minha história?

— Por favor. Ela clama por ser narrada.

— Você deve estar se perguntando se até então eu não havia notado os meus limites. Sim e não. Eu intuía a minha covardia, mas o cabotinismo intelectual tem uma peculiaridade: só conseguimos ser cabotinos com os outros quando somos cabotinos o suficiente em relação a nós mesmos. O cabotinismo suficiente é aquele que resulta na certeza de que fazemos diferença. Depois da revelação de que eu não passava de uma grande mentira para mim mesmo — porque se tratava mesmo de uma revelação —, passei a examinar melhor os intelectuais com os quais convivia. Eram espelhos da minha fragilidade. Pude ver com clareza que, mesmo quando se armavam de toda a arrogância, eles sempre encontravam um jeito de contornar as afirmações peremptórias ou os raciocínios originais. Seus artigos e ensaios eram, por assim dizer, anfibológicos, repletos de saídas de emergência, das quais as mais comuns são as expressões "de certa forma" ou "em última instância". Você já percebeu como os intelectuais abusam delas? Muito mais do que muletas estilísticas, são muros de arrimo existenciais. A essas descobertas se seguiu, é lógico, a pergunta: o que fazer? Afastar-me dos meus pares e ir morar em outra cidade, onde pudesse reconstruir-me? Vulgar e diversionista: eu estaria mascarando o meu problema. Caí num estado de abulia. Não era uma depressão, embora tivesse pontos em comum com o quadro depressivo que eu já conhecia. Tirei, então, uma licença da universidade na qual dava aulas. Viajei à Europa. Talvez o contato com a beleza, com a história, me tirasse do meu estado de entorpecimento. Fui a museus, visitei ruínas e admirei monumentos arquitetônicos. Em Paris, assisti aos melhores filmes produzidos por cineastas franceses, alemães e italianos. A viagem só serviu para sublinhar a minha falta de conexão com o mundo. Você já se sentiu descolado da paisagem, Antônimo? Pois era essa a sensação que se apossara de mim. Voltei da viagem à Europa disposto a procurar uma saída na natureza. Sim, dizia para mim mesmo, o que me faltava era esse contato direto com a realidade mais bruta. Eu precisava de algo visceral. Passei dois meses visitando lugares belos e remotos: praias, florestas, montanhas, cavernas, cachoeiras. Mas era como se eu não estivesse lá, onde quer que fosse. Havia uma barreira entre a consciência e os sentidos. Eu disse "barreira", mas talvez seja mais exato falar em "descontinuidade". O barulho das corredeiras e das quedas-d'água chegava amortecido aos meus tímpanos. Eu tocava uma folha, e ela não possuía textura. Cheirava uma flor, e seu perfume era uma lembrança. Contemplava um vale verdejante, e a visão se dirigia para um ponto além, inexistente. Sempre fora assim, eu agora percebia. Jamais conseguira me integrar no mundo, me entregar ao mundo. Operávamos em freqüências diferentes, daí a sensação de descontinuidade. Já de volta à cidade, numa noite em que me encontrava mais anestesiado do que jamais estivera, concluí que a única forma de sair desse estado era por meio da dor. Grampeei, então, um por um os dedos da minha mão esquerda. Fiz isso diversas vezes. Mas nem meus gritos me acordaram. Constatei algo que talvez soe óbvio a alguns ouvidos: toda dor, mesmo a mais tênue, tende à totalidade. Seu universo é paralelo — não existe intersecção entre a dor e a realidade, por mais que acreditemos ser esta última composta de aspectos dolorosos. A dor atribuída à realidade que nos rodeia, como se fosse um aspecto que conferisse ainda mais realidade a ela, ou é uma metáfora romântica ou uma representação ideológica. Quando a verdadeira dor se instala, nos vemos apartados do mundo. Esse é um dos motivos que a faz tão terrível. Mesmo o cotidiano mais duro e embrutecedor é melhor do que a dor. Sem alternativa, só restava o esquecimento de mim mesmo. De certa forma, é o que todos — ou quase todos, vá lá — fazem.

— E o sexo?

— A depressão me havia deixado impotente.

— Existe remédio, não sei se você já foi informado a respeito por algum garçom seu.

— Que só funciona se você sentir desejo, e desejo era um comando que havia sido cancelado do meu menu cerebral. Você está cansado de me ouvir?

— Não. Pelo menos não a ponto de grampear os dedos da minha mão esquerda.

— Você deveria me levar a sério. E também deveria se levar a sério, Antônimo. É o que espero de você.

— Se é o que você espera de mim... Você resolveu esquecer-se e...?

— Retomei o trabalho na universidade, assim como as resenhas para a seção de livros de um jornal, que serviam para completar o meu orçamento doméstico. Uns três meses escorreram, quando essa rotina sem perspectiva sofreu uma inflexão. Numa manhã de sexta-feira, encontrei um conhecido na saída do banco em que tenho conta. A agência fica no shopping aqui ao lado. Ele saía de uma joalheria elegante quando topamos um com o outro. Havíamos estudado juntos no colégio e, embora pertencêssemos a extratos sociais diferentes — ele muito rico, eu muito classe média —, tínhamos nos tornado camaradas. Terminado o colégio, seguimos os caminhos ditados por nossas vocações e contas bancárias. Fui estudar Letras na universidade pública; ele, Economia em Londres. E nunca mais nos vimos. Pois esse sujeito, ao deparar comigo, manifestou um entusiasmo que eu definiria inexplicável. De meu lado, fingi alegria em revê-lo depois de tantos anos, emoldurada por perguntas cujas respostas não me interessavam de jeito nenhum. Meu teatro foi tão convincente que o levou a convidar-me para jantar no sábado, em um restaurante recém-inaugurado. Como eu estava solteiro, queria me apresentar a uma amiga de sua mulher. Sairíamos nós quatro, o que eu achava? Na melhor das hipóteses, eu não achava nada. Na pior, uma merda. Contrariei o instinto de escolher o caminho ditado pela segunda alternativa. Aceitei o convite. Muito feliz com a minha anuência, ele me deu um abraço (o abraço dos ricos, que recende a um suave perfume almiscarado) e completou que já estava mesmo na hora de refazer nossa amizade. Não só concordei, como menti que havia pensado em procurá-lo não fazia muito. Ele disse que dali em diante teríamos oportunidade de recuperar o tempo perdido. Peguei seu cartão; ele anotou meu telefone. Em nossa combinação, estava previsto que, antes do jantar no restaurante, eu tomaria um *whisky* em sua casa. Quando entrou em seu carro reluzente, cercado por seguranças, suspirei de arrependimento. Mas não havia volta. Eu tinha um programa para o dia seguinte. Na hora marcada, cheguei à casa do meu ex-colega. A amiga do casal era muito atraente. Tinha uns trinta e quatro anos, um corpo enrijecido pela ginástica e realçado por um vestido decotado e com fendas.

— Trinta e quatro anos...

— O que tem isso?

— Adoro mulheres nessa faixa de idade. São primaveris, mas já exibem pequenos sinais do outono que virá.

— Você já foi melhor em matéria de imagens.

— Eu sei disso. Não é à toa que estou na merda.

— Pois bem, lá estava essa mulher maravilhosa à minha frente. Simpática, disse que gostava de ler minhas resenhas e que havia comprado o livrinho que eu escrevera sobre poesia italiana do século XX (um livrinho, aliás, em que usei muitas de suas observações, Antônimo). Soube em seguida que era casada com um senador poderoso, naquele momento fora do país. Antes de sairmos para jantar, ela e a mulher de meu amigo foram ao banheiro, para retocar a maquiagem — pelo menos essa foi a desculpa. O dono da casa aproveitou a ausência das duas para me perguntar, sem rodeios, se eu havia gostado da mulher do senador. Respondi que sim. Ele me disse, então, que eu a seduzisse sem medo: o senador não era um entusiasta do sexo, e suas viagens constantes propiciavam à mulher aventuras amorosas. Ele próprio já havia "prestado relevantes serviços à nação", revelou, dando uma piscadela. Quando ambas voltaram do banheiro, tomamos mais uma dose de *whisky*, o que funcionou para que eu e ela nos liberássemos de nossos freios. Sentados atrás no carro, passei as mãos nas coxas dela, no que fui retribuído com uma delicada massagem no meu pênis adormecido. Na entrada do restaurante, ela passou a mão em minha bunda. A mulher de meu amigo deve ter visto, porque cochichou algo no ouvido do marido, que deu uma risadinha. Tudo muito vulgar. No restaurante, a bolinação continuou por baixo da mesa. Sentia-me leve e tão descompromissado que quase não abri a boca durante o jantar. Como também meus pensamentos fossem descartáveis, minha atenção voltou-se para a comida que nos era servida. E prestar atenção à comida é mastigá-la com vagar, salivá-la com delicadeza, excitar a mais insignificante papila. Todas aquelas ações que mal e mal cabem no verbo "degustar". Entre a salada e o prato principal — uma massa magnífica salpicada por trufas brancas do Piemonte —, eis que comecei a enxergar o mundo com uma nitidez que eu definiria suprema. Como havia perdido tempo, meu Deus! Tudo estava tão perto, era tão simples... A cada garfada, meus coágulos de infelicidade dissolviam-se, e o sangue fluía, expulsando o torpor. Eu renascia do bolor da minha inflada auto-imagem — e renascia do meu verdadeiro tamanho. A minha procura terminava ali onde começava a minha pequena grande verdade: na fugaz alegria que me invadira durante o jantar. Por meio do paladar, eu recobrava os sentidos em estado puro. Revivia a infância do homem, não como regresso, e sim como superação. Aproximava-me do ponto de partida de uma nova história: a minha própria.

— Já sei: foram as trufas brancas do Piemonte.

— Quem sabe um dia você alcance a dimensão do que estou lhe contando, Antônimo.

— É que acho engraçado você ter tido uma epifania (posso chamar assim?) durante um jantar com uma vagabunda.

— É essa banalidade — ou vulgaridade, como queira — que torna esse acontecimento ainda mais relevante. Foi naquele momento que resolvi abrir o meu próprio restaurante, um restaurante diferente de todos os outros. Na verdade, a palavra "restaurante", ou "churrascaria", não exprime a minha intenção de erigir um templo dedicado à satisfação dos sentidos.

— A chantagem...

— Naquela noite, recobrei minha potência com a mulher do senador. Trepamos quatro vezes durante a madrugada, e até hoje fico excitado ao lembrar dos gritos da desavergonhada. No dia seguinte, meu amigo me ligou. Pela sua insistência para que eu descrevesse os detalhes mais obscenos, deduzi que era *voyeur*. Eu estava certo: ele confessou sua perversão, compartilhada por sua mulher, e me propôs gravar em vídeo as minhas relações com a moça, sem o conhecimento dela. O equipamento ficaria instalado num apartamento que ele me emprestaria para os nossos encontros. Topei. Meu amigo, no entanto, nunca colocou as mãos nas fitas. Elas foram usadas por mim para chantagear o senador broxa e sua mulher ninfomaníaca. Também levei um bom dinheiro do meu amigo rico, que não queria entrar para o clube dos *voyeurs* assumidos. Quando me ameaçaram de morte, disse-lhes que cópias das fitas, assim como uma carta em que os acusava pelo meu eventual assassinato, estavam nas mãos de um amigo que morava no exterior. Na verdade, esse amigo mora aqui. Para abreviar, saí dessa com uma bolada mais do que suficiente para montar meu restaurante.

— Um templo em louvor ao antiintelectualismo e construído sobre o pecado.

— O meu antiintelectualismo, Antônimo, se é que deve ser chamado assim, é fruto de quem cultivou ambições intelectuais e percebeu o quanto elas podem afastá-lo da vida. Não o confunda, por favor, com uma certa apologia da imbecilidade humana. Quanto ao pecado, bem... Ele também é obra de Deus.

— Que curioso... Você conhece Farfarello?

— O padre? Claro que conheço.

— "Destruirei a sabedoria dos sábios e rejeitarei a inteligência dos inteligentes. Onde está o sábio? Onde está o homem culto?"

— Admito que foi de Farfarello a idéia de colocar a frase bíblica na entrada do restaurante. Mas faz um certo tempo que não o vejo.

VIII

Antônimo esperava que uma noite de sono fosse o bastante para apagar a sensação de delírio causada pelo jantar no restaurante de Hemistíquio. Mas ela só fez aumentar. Aquele não havia sido um jantar, mas um rito do qual tomara parte de forma involuntária. O que Hemistíquio pretendera ao convidá-lo? Convencê-lo a engrossar as fileiras do seu hedonismo cristão? A expressão "hedonismo cristão", um aparente paradoxo, veio à sua cabeça porque fora objeto de uma entrevista que fizera havia uns dois anos com um historiador da religião, autor de um livro sobre o assunto. Antônimo fora destacado para entrevistá-lo apenas porque estudara num colégio de padres. O resultado havia ficado uma maçaroca, mas, para a sorte de Antônimo, ninguém lia o caderno cultural do jornal de domingo. Pelo que lembrava, a base do tal hedonismo cristão era um raciocínio simples: se Deus almeja a que os homens sejam felizes, e é natural que os homens desejem satisfazê-Lo, o passo mais lógico é usufruir a integralidade das experiências sensoriais proporcionadas pelo Criador. Hemistíquio poderia, então, ser definido como um hedonista cristão? Antônimo concluiu que não. Isso porque tanto os pressupostos como os desdobramentos do hedonismo, fosse ele grego ou cristão, eram morais — e decerto não havia nenhuma moralidade nas ações, no discurso ou nas orgias sensoriais de Hemistíquio. Na verdade, a simples idéia de Hemistíquio ter-se tornado religioso lhe parecia absurda. Lembrava-se de que ele só falava em Deus, fingindo crer Nele, para impressionar moças que faziam o sinal-da-cruz quando passavam em frente a uma igreja. "Vale a pena, essas são as mais quentes", justificava o cafajeste. Como Antônimo já tivera chance de presenciar, Hemistíquio discorria sobre o tema de uma forma que soava muito original aos ouvidos delas. Entre uma taça de vinho e outra, sacava da Aposta de Pascal, o sofisma criado pela imaginação fervilhante do filósofo francês que viveu no século XVII. Diante do olhar de interrogação da moçoila que desejava levar para a cama, Hemistíquio explicava que, para provar de forma racional a existência de Deus, Blaise Pascal afirmara que, do ponto de vista da probabilidade matemática, assim como do pragmatismo e do voluntarismo, era incongruente apostar na Sua não-existência. "O argumento é o seguinte, meu bem: se você apostar que Deus existe e isso for verdade, você ganha a salvação, a glória, a vida eterna e o que mais for. Se você apostar que Deus existe, mas Ele não existir, você não perde nada ao ter acreditado. O contrário, porém, não é vantajoso: se você apostar que Deus não existe e Ele existir, só lhe resta a danação, a miséria. Se você apostar que Deus não existe e Ele não existir, você não ganha nada em ser cético. Desse modo, é muito mais lógico crer em Deus, visto que, na melhor das hipóteses, a pessoa leva tudo e, na pior, não sofre por conta disso. A nós, amor, tintim." As moças que faziam o sinal-da-cruz ao passar em frente a uma igreja se encantavam com essa conversa de Hemistíquio Pascal — e começavam a crer na existência dos sentimentos dele quando ganhariam muito mais se não o fizessem.

Não, Hemistíquio não havia mudado. Continuava a ser o mesmo cínico de sempre, embora afirmasse o contrário. Mas e sua amizade com Farfarello? Amizade talvez fosse uma palavra forte demais. No entanto, o padre havia sugerido a Hemistíquio que colocasse a citação bíblica na entrada do restaurante — e também aquela frase de que Deus criara o pecado, dita por Hemistíquio como se fosse um eco do que ele próprio ouvira da boca de Farfarello... Tudo isso sugeria uma intimidade que ultrapassava a mera simpatia. Aquela conversa do padre sobre Hegel — a Idéia, os grandes homens — não se casava com... Ou se casava? Antônimo ainda perguntara a Hemistíquio como havia conhecido Farfarello, mas ele evitara contar. "Estou atrasado para um compromisso", havia falado, despedindo-se com pressa. Uma coincidência e tanto ter encontrado Farfarello pouco antes daquele jantar na churrascaria. Coincidência... Será que havia sido mesmo uma coincidência? Agora só lhe faltava essa: acreditar em Destino com "d" maiúsculo.

Antônimo estava confuso.

IX

— Você esqueceu isso lá em casa.

— Engraçado, pensei que *Os irmãos Karamazov* fosse seu. Nossas coisas se misturaram tanto nos últimos dez anos que eu... Obrigada.

— Vou confessar uma coisa: acabei de ler na semana passada. Nunca havia conseguido passar das primeiras quarenta páginas.

— Eu sempre desconfiei de que você não havia lido tudo o que dizia ter lido. Jornalistas...

— Bom, não quero incomodar...

— Um café?

— Um café.

Ele acompanhou Bernadete até a cozinha. Ela havia construído um ninho todo seu, onde eram reconhecíveis objetos que antes compunham o cenário de sua vida a dois.

— Esses objetos que estavam na nossa casa e agora estão aqui... Eles parecem restos de um naufrágio espalhados numa praia tranqüila.

— É o que são: restos de um naufrágio. Você continua bom em inventar imagens. Não escreve mais?

— Ajudo um sujeito a fazer um jornal de empresa.

— Isso basta?

— Para viver, basta. Quer dizer, do ponto de vista econômico.

— E dos outros pontos de vista.

— Não tenho mais outros pontos de vista. Até o econômico é difícil manter.

— Você parece bem deprimido.

— O que você esperava?

— Que você melhorasse depois da separação. Ao meu lado, você se mostrava bastante infeliz.

— Você sempre quis ter uma casa grande, com jardim, cachorro, e este apartamento é...

— Tão pequeno. Mas quem disse que abri mão dos meus sonhos? Esta aqui é apenas a minha rampa de lançamento.

— Você nunca foi boa em inventar imagens. Continua na repartição?

— Continuo, mas estou me preparando para abrir o meu consultório. Aluguei uma casa com um sócio.

— Um sócio, sei. Qual é o nome dele?

— Não interessa. Você não conhece.

— Vamos ver se não conheço... Ele...

— O café está pronto.

— Você me traiu.

— Antônimo, por favor, não torne as coisas mais difíceis.

— Traiu.

— É uma sócia, Antônimo.

— Qual é o nome dela?

— ...

— É um sócio. Você é uma péssima mentirosa.

— Ponha um detetive para me seguir. Você não vai tomar o seu café?

— Eu também tenho planos, sabia?

— Que ótimo.

— O Hemistíquio quer que eu me associe a ele.

— Sócio naquele restaurante que ele abriu?

— Não sei ao certo. Para falar a verdade, ele só me disse que queria que eu me juntasse a ele. Ficamos de conversar mais para a frente.

— Eu estive no restaurante do Hemistíquio faz algum tempo. Achei apenas razoável.

— Isso porque você não participou do que ele chama de evento fechado.

— O que é um evento fechado?

— Um jantar especial que é organizado uma vez por semana. Sou convidado sempre.

— A comida é diferente?

— A comida, a bebida, as pessoas: tudo é diferente do normal. Esses eventos são uma verdadeira epifania. Tanto que não consigo mais deixar de ir. Experimento sensações intensas, arrebatadoras. Acho até que tenho visões.

— Visões? E eu que pensava que você ficaria só na paranóia... Você achava que eu queria matá-lo, lembra? Despejando chumbo no seu ouvido, enquanto você dormia.

— Foi só uma fantasia, Bernadete, sobre a qual eu nunca deveria ter comentado. Mas essas visões... Aquelas pinturas de faunos e ninfas que ganham vida e saltam das paredes.

— Não vi nenhuma pintura de fauno ou de ninfa nas paredes.

— Essa decoração só é usada nos eventos especiais, assim como as tauromaquias do bar e a inscrição bíblica na entrada do restaurante. O Hemistíquio gastou um dinheirão para instalar painéis e paredes móveis e outras geringonças. É curioso, não?

— É, parece até que o restaurante normal é só uma fachada para esses tais eventos.

— Pois é.

— ...

— ...

— O café está pronto. Uma colher e meia de açúcar, é isso ainda?

— É. Bernadete, você... Não, deixa...

— Fale.

— Bernadete, você que acredita em Deus, acha que o Mal é parte integrante da natureza divina?

— O quê?...

— Responda...

— Estranho você fazer essa pergunta.

— Por quê?

— Logo você, que sempre disse que a religião deveria ser catalogada como literatura fantástica.

— Essa frase é, na verdade, uma adaptação. O que alguém afirmou é que a metafísica deveria ser considerada literatura fantástica.

— Você se tornou religioso?

— Digamos que ando às voltas com esse assunto. Vamos, responda à minha pergunta.

— Deus não exige o sofrimento até dos inocentes — das crianças, até —, para levar a cabo o seu plano?

— Ivan Karamazov.

— É. Não consigo ir muito além disso.

— Alguns estudiosos dizem que, na verdade, Dostoievski queria afirmar que Deus existe porque o mal e a dor existem. Se o mundo fosse bom, em essência, Deus não seria necessário. Desse ponto de vista, portanto, acho que é possível dizer que o Mal é parte integrante não só do desenho divino, mas também faz parte de Sua natureza, a de Deus.

— Você não precisava ter perguntado nada para mim.

— No dia em que fui despedido do jornal, lembrei de uma frase que você gostava de dizer: "É impossível amar o próximo de perto" etc. Também é de Ivan Karamazov.

— Pois é, não vou muito além disso.

— Eu deveria ter lido mais Dostoievski. Minhas leituras não obedeceram a nenhum método, tenho muitas lacunas por causa disso. Literatura russa, filosofia alemã... Perdi tempo lendo uma montanha de inutilidades da literatura italiana.

— Para seduzir mamãe. *Mamma* Roma.

— Minha mãe... Era insuportável conviver com ela, mas às vezes sinto tanta saudade. Já do meu pai, não sei o que pensar...

— Eu também gostava tanto dela...

— Sei disso. E sinto ciúme por você ter construído uma relação à parte com minha mãe.

— *Vitellone...*

— Não é engraçado que ainda haja intimidade entre nós?

— A intimidade demora a morrer, mas um dia morre.

— Você não pensa em mim?

— Penso, e logo desisto. Nossos últimos anos de casamento foram bem desgastantes.

— Nós não somos amigos?

— Ainda não foi inventada uma categoria para enquadrar o atual estágio de nossa relação. Sinto amizade por você, mas não somos amigos. Sinto saudade de você, mas não quero ficar ao seu lado. Relembro o nosso passado, mas gostaria de esquecê-lo. Com o passar dos anos, nós talvez consigamos nos tornar apenas ex-mulher e ex-marido — o primeiro passo para uma simpatia mútua, caso não ocorram maiores conflitos no meio dessa travessia. De qualquer forma, seria pior se tivéssemos tido um filho.

— Você queria tanto ter um filho...

— E ainda quero. Você, não, sempre odiou crianças.

— Não odeio crianças. Só não quero concorrência. Estive pensando: a gente poderia fazer um safári fotográfico no Quênia. É um de seus sonhos, conheço como ninguém os seus sonhos.

— Antônimo, eu não queria contar agora, mas você saberia de qualquer jeito, e é melhor que seja por mim.

— O quê?

— Estou grávida.

— ...

— Você está bem?

— Não, não estou.

— Você está pálido. Vou pegar um copo d'água para você.

— Eu tinha razão: você me traiu.

— Isso é loucura, estamos separados há quase dez meses, e eu estou grávida de dois.

— Eu a conheço, Bernadete: você não ficaria grávida de um homem que conheceu há pouco tempo. Quem é o sujeito para quem você está dando há anos, seu sócio?

— Não, não é meu sócio, nem estava dando para ele havia anos. O sujeito, como você diz, é um ex-namorado de adolescência. Reencontrei-o num *resort*.

— Num *resort*!? Você agora freqüenta *resorts*?

— Seria diferente para você se tivesse sido, sei lá, no Plaza de Nova York? Eu precisava descansar, e uma amiga me sugeriu um hotel desses. Ele também precisava de um tempo, havia se separado fazia poucos meses...

— Que enredo vagabundo.

— Para resumir o enredo vagabundo, havia um jantar maravilhoso que ele mandou servir em seu bangalô, uma lua cheia deslumbrante na varanda, um vinho divino e uma cama bem grande, macia e cheirosa.

— Poupe-me dos detalhes sórdidos. Você esqueceu de incluir nessa história um aproveitador canalha e uma mulher carente e irresponsável. E se ele tiver Aids?

— Não seja ridículo, Antônimo. Mas, se isso o tranqüiliza, fique sabendo que não o vi mais. Ele mora em outra cidade. Conversamos duas ou três vezes depois, sempre por telefone, e foi só. Da última vez, ele me contou que tinha voltado com a mulher.

— E você chorou de tristeza, claro, sentindo-se abusada e abandonada. Qual é o nome do canalha?

— Não vou dizer que gostei, mas também não me incomodei muito. Na verdade, esse dado me ajudou a consolidar a decisão de não contar nada a ele.

— Ele deveria pagar o aborto. Você vai fazer um aborto, claro. Eu pago.

— Não vou fazer aborto nenhum.

— Como assim?

— Quero ter um filho logo. Já estou com 35 anos, e arranjar um homem que se enquadre na minha longa lista de exigências levaria tempo. Para não falar que a chance de a busca dar em nada é maior do que a de ter sucesso.

— Você enlouqueceu...

— ...

— Eu queria que esse filho fosse meu, Bernadete. Por que você não faz um aborto, para termos um bebê que seja nosso?

— Esta conversa termina aqui, Antônimo. Quando você estiver com a cabeça no lugar, voltamos a nos falar.

— Você não poderia ter feito isso comigo. Eu preciso de você, e agora um feto nos separa. Você vai gostar mais dessa criança do que jamais gostou de mim.

— Você precisa se tratar, Antônimo.

— Outra vez essa conversa mole de psicóloga? Você é que é doente, Bernadete: onde já se viu ter um filho desse jeito?

— Sabe do que mais, Antônimo: vá à merda. Desde que nos separamos, faço planos que têm chance de se tornar realidade. Não sofro mais de paralisia, da sua paralisia. Sua falta de ação, seu tédio, sua depressão me contaminaram durante uma década. Uma década! É o que minha analista chama de "década perdida". A melhor coisa que aconteceu na minha vida foi me separar dessa pessoa doente em que você se transformou. Seu cinismo é fruto da sua frustração, das suas limitações como homem, como profissional, como ser humano. Você é cínico, Antônimo, porque você é medíocre. E seu cinismo é uma maneira confortável de esconder esse fato da vida. Eu posso não ser grande coisa, Antônimo, posso não saber o que sou, mas sei o que não sou. E eu não sou como você, deu para entender? Ou melhor, eu não sou você. Eu sou eu. Eu.

— Bernadete, sei que não está na hora de filosofar, mas será que você não percebe que o Eu é, em boa parte, uma construção feita a partir do Outro? Que o Eu não existe apenas em si, mas também se constitui em função de um olhar exterior? Como fiz e faço parte de sua existência, o seu Eu também tem embutido o meu Eu — e disso você nunca vai ficar livre. É incancelável. Esse é o inferno de todo mundo.

— Quem você pensa que é, uma espécie de Sartre? Quer filosofia? Então, tome: o meu Eu, que até pode ter uma parte do seu Eu, não quer se ver mais refletido nesse Outro que é você. Ao me igualar a você, você tentou me impedir de ter as coisas mais simples e preciosas que existem, Antônimo: onde está o barulho das crianças correndo pela casa? Onde estão os almoços familiares de domingo? Onde estão as férias na praia? Onde está aquele tédio confortável que experimentam as pessoas que se amam depois de anos de vida em comum? Onde estão os projetos de uma casa maior, de uma viagem exótica, de comprar um sítio, de... de... Meu Deus, Antônimo, tudo que é pequeno-burguês não me é indiferente! Eu quero ser pequeno-burguesa, você está ouvindo? Quero ter reações barulhentas como esta, ouviu bem? Quer traduzir isso numa conversa mole de psicóloga? Então, tome: quebrei o espelho, Mister Narciso, e nesse outro Eu que estou gerando aqui, no meu útero, não haverá nada do seu Eu. Nada, nada, nada.

— Você está enganada, Bernadete! O que mais me dói é saber que o meu Eu, ao moldar parte do seu Eu, estará presente no Eu do filho desse sujeito que dormiu com você.

— Não, Antônimo, tudo isso é mais uma das suas abstrações. O que mais dói em você é o fato de eu agora ter uma vida própria e ter dado para outro homem. Dado com gosto! O nome disso que você está sentindo, qualquer lavadeira analfabeta sabe: é ciúme. E tem mais: ciúme pequeno-burguês. Seu enredo também é vagabundo, querido. Agora vá embora.

— Bernadete, eu...

— Vá embora, já disse, não agüento mais olhar para sua cara.

— Posso levar o livro?

— Deve. Você vai terminar como Ivan Karamazov.

X

— Você parece triste. Não foi bom?

— Claro que foi bom... É que tive uma discussão com minha ex que não consigo esquecer. Ela vai ter um filho de um desconhecido.

— Ah, essas ex sempre foram meu tormento.

— ...

— Sabe que até parece um sonho estar aqui com você?

— Um pesadelo, você quer dizer.

— Ai, deixe de ser amargo, amor. Se o Jonas soubesse, não acreditaria...

— Quem é Jonas, sua baleia?

— Chato... Um cara muito inteligente que eu namorei anos atrás. A gente se dava superbem. Mas um dia ele disse que precisava dar um tempo, viajar pela Europa. A última noite... Nossa, foi uma loucura!

— E adeus, Jonas.

— É. Quando o Muro de Berlim caiu, ele tinha acabado de chegar à Alemanha. Ele até me mandou um pedacinho do muro. Legal, né? Ele escreveu num bilhete que, ao contrário do socialismo, eu não fazia parte das suas ilusões perdidas. Puta cara criativo.

— E por que o Jonas das ilusões perdidas não acreditaria que estamos trepando?

— Ai, não fala assim: "trepando". Estamos tendo um relacionamento.

— OK, e por que o Jonas das ilusões perdidas não acreditaria que estamos nos relacionando através de trepadas?

— Você, viu, não tem jeito... É porque o Jonas também gostava muito do que você escrevia no jornal.

— Um dos meus vinte e cinco leitores, então, era um comunista mochileiro.

— Uma vez noticiaram que um banqueiro gastava bem mais com os cães de guarda que vigiavam suas agências do que com seus funcionários. Aí você comentou no jornal que isso poderia servir para ilustrar a diferença entre socialistas e social-democratas: enquanto os socialistas queriam que os bancários ganhassem mais que os cachorros, os social-democratas ficariam contentes com a equiparação. O Jonas morreu de dar risada, contava isso para todo mundo.

— Eu não escrevi isso.

— Escreveu, sim.

— Como eu era idiota.

— Ai, como você está mal-humorado.

— Não quero mais saber de imprensa, mas preciso ver o que vou fazer da vida. O meu trabalho naquele jornal de empresa só vai até o mês que vem. O Hemistíquio disse que faria uma proposta... Você ouviu algum comentário a respeito disso, Kiki?

— Eu, não. Aliás, ele me mataria se soubesse que estamos juntos há tantos meses. Aliás, você jurou que não contaria.

— Não vou contar nada. Mas não entendo por que você tem tanto medo dele. Você é livre, eu sou livre...

— Não sou tão livre assim. Como você acha que eu me sustento?

— De aluguéis de imóveis que você herdou. Você me disse isso.

— Eu menti.

— Você mentiu.

— Menti. Não tenho imóvel nenhum, moro de aluguel. Na verdade, vivo do que o Hemistíquio me paga.

— Você é paga pelo Hemistíquio? Paga para quê?

— Para ajudar no que ele chama de "táticas de convencimento".

— Que vem a ser...

— Transar com os sujeitos que Hemistíquio quer atrair para o que ele diz ser a sua "esfera de influência". Enfim, sou uma continuação dos eventos especiais.

— Você é uma puta.

— Não precisa ofender.

— Ele paga para você sair comigo?

— Pagou para eu sair com você nos dois primeiros meses. Depois disse que não precisava mais. Que eu deveria me afastar porque "o trabalho estava feito".

— E por que você continua trepando comigo?

— Você não entende? Estou apaixonada por você.

— Mas eu nem trepo tão bem assim.

— Para mim, você é ótimo. Sabe, quando nos vimos no restaurante, pela primeira vez, senti que ia rolar algo entre nós. Você me olhou de um jeito especial.

— Olhei para sua bunda.

— Grosso.

— ...

— Você me ama?

— Não.

— Vou embora.

— Deixe de ser enjoada, Kiki. Gosto muito de você. Para mim, é como se fosse amar.

— E por que você gosta de mim?

— Porque você é especial.

— Estou gostando: por que sou especial?

— As mulheres se igualam nos defeitos e se diferenciam nas qualidades.

— E...?

— E o quê?

— Quais são as qualidades que me tornam diferente das outras mulheres?

— Essas aqui...

— Ai, você está me fazendo cócegas, seu bobo.

— Kiki, o que você sabe sobre os eventos do Hemistíquio que eu não sei?

— Chega dessa conversa, vai, vamos fazer mais um amorzinho gostoso.

— Ou você fala ou não nos encontramos nunca mais.

— Você acha que o Hemistíquio me conta alguma coisa? Sei o que todo mundo que participa sabe: uma vez por semana, ele transforma o restaurante naquele troço que você viu e a coisa vira uma orgia.

— Só isso.

— Só... Quer dizer, de vez em quando, havia um evento fora do restaurante.

— Fora do restaurante, onde?

— Numa puta casa de campo a uns quarenta minutos da cidade.

— O Hemistíquio nunca me disse que havia eventos numa casa de campo.

— E cada evento que você precisa ver! Eles podiam durar dois dias seguidos, uma loucura. Eu voltava um bagaço. O lado bom é que ganhava o dobro para participar.

— E você sabe quando acontecerá o próximo?

— Não, não sei. Acho que eles foram suspensos desde que o Augusto morreu.

— O Augusto que matou a mulher e se suicidou?

— É.

— Você o conhecia?

— Claro que conhecia. Mas não se preocupe: ele não se comparava a você, meu bem.

— Como você é irritante! Não estou preocupado com isso, sua burra.

— Burra, eu? Agora que eu não falo mais nada. Estou de mal.

— Desculpe, Kiki, é que estou ansioso para saber mais sobre o Augusto. Fomos amigos durante um certo tempo.

— Está bem, eu desculpo. O Augusto participava dos eventos de Hemistíquio.

— Muito bem: o Augusto cometeu essa barbaridade e nunca mais houve um evento fora do restaurante. O que uma coisa tem a ver com a outra?

— E eu que sou burra! Ora, foi num evento desses que o Augusto fez o que fez.

— Estou pasmo: o Hemistíquio omitiu tudo isso.

— Você queria que ele ficasse contando por aí?

— E você presenciou as mortes?

— Não vou falar mais.

— Você quer ou não continuar me vendo?

— Jura que não vai contar para ninguém?

— Juro.

— Jura pela sua mãe?

— Minha mãe morreu.

— Jura por seu pai.

— Ele não vale a pena.

— Jura, então, pela alma da sua mãe.

— Juro, juro. Pô, que saco, Kiki...

— Eu não vi as mortes... É difícil para mim falar dessas coisas.

— Faça um esforço.

— Bom... Naquela noite, o Augusto, que costumava aparecer sozinho, trouxe a mulher. Lembro que ela ficou muito impressionada com a decoração da casa. As velas que a iluminavam, as paredes dos salões com as mesmas figuras das do restaurante... Sátiros e ninfas, esses são os nomes, não são? Nunca fui boa em mitologia.

— E o que você acha que viu?

— Bem, quando a coisa já estava aquela loucura, todo mundo trepando com todo mundo, resolvi brincar um pouco com dois bonitões que queriam me comer de todo jeito. Eu disse que, se eles me desejassem mesmo, teriam de me pegar. Saí correndo, e os dois vieram atrás de mim. Acabamos nos afastando dos salões e enveredamos por um corredor tortuoso, em direção aos subterrâneos da casa. Esse corredor era interminável, e dele saíam outros corredores, como se o conjunto formasse um labirinto. Acho que era mesmo um labirinto. Como estava muito louca (o vinho do Hemistíquio deve ser mesmo batizado com alguma droga), demorei a perceber que os dois já não estavam mais atrás de mim. Ao me dar conta disso, de que estava sozinha, senti medo — inclusive porque, àquela altura, não havia luz ali. Fiquei paralisada, com o peito arfando, durante uns bons minutos. Estava zonza, angustiada e com uma tremenda vontade de ir ao banheiro. Depois de respirar fundo umas três vezes, peguei o caminho de volta. Andava devagar, porque cada passo me consumia muita energia. Eu estava mal de verdade, e perdida. Havia percorrido uns trinta metros, quando ouvi um grito medonho. Meu coração agora batia mais descompassado do que nunca, e uma sensação de desmaio tomou conta de mim. Tentei berrar por socorro, mas a minha voz estava presa na garganta, como acontece nos pesadelos. Estava morrendo de medo, mas dessa vez não fiquei paralisada. Era a sensação de desmaio que me empurrava: se eu ia desmaiar, que fosse na claridade e na frente de outras pessoas. Tateando as paredes, andei mais um pouco, até notar que no fim de um dos corredores havia um fio de luz rente ao chão. "É a soleira de uma porta. Pode ser um atalho para os salões", pensei. Segui, então, até essa porta. Atrás dela, dois homens conversavam. Colei o ouvido na porta e... Ai, chega, vai. Estou me metendo numa fria.

— Você colou o ouvido na porta e...

— Uma das vozes era de Hemistíquio.

— O que ele dizia?

— "Está acabado." A minha vontade era abrir aquela porta, para sair daquele corredor escuro, mas essa frase me fez esperar. Não sei por que, imaginei que o grito de pouco antes viera dali.

— E veio?

— Acho que sim, e você?

— Como posso saber? E o que você fez em seguida?

— Saí dali o mais rápido possível, porque fiquei com medo de que me descobrissem. Graças a Deus não demorei muito para conseguir achar o caminho de volta.

— Você só ouviu essa frase de Hemistíquio?

— Não, ouvi também a resposta do outro homem.

— Vamos lá, Kiki.

— "Nada acabou, este é apenas o nosso começo."

— Só isso?

— Só.

— Você reconheceu a voz?

— Reconheci uma hora depois, quando o Hemistíquio interrompeu o evento para comunicar que o Augusto havia matado sua mulher e depois se suicidado.

— A voz era de um dos convidados.

— Não, era do padre que o Hemistíquio havia acabado de chamar.

— Farfarello.

— Farfarello, isso mesmo. Como você sabe?

— Deixe ver se eu entendi: o Hemistíquio disse a todos que havia acabado de chamar Farfarello, mas você ouviu a voz do padre uma hora antes.

— É isso.

— E o que Hemistíquio disse para justificar a presença de Farfarello?

— Ele disse que o havia chamado para que prestasse assistência espiritual.

— Aos mortos.

— Aos mortos.

— Assistência espiritual aos mortos. Ninguém desconfiou dessa bobagem?

— Não é uma bobagem. Ele encomendou as almas do Augusto e de sua mulher. Foi até comovente.

— Kiki, você não percebe que é provável que Farfarello tenha ajudado Hemistíquio a matar os dois?

— Eles não mataram ninguém, Antônimo. A polícia foi rigorosa na apuração. Entrevistou todo mundo, examinou a cena do crime e concluiu que foi um homicídio seguido de suicídio.

— E a cena do crime era a sala para a qual dava aquela porta?

— Tudo indica que sim.

— A polícia entrevistou também Farfarello?

— Não, porque ele não era um dos convidados. Não estava lá na hora que tudo ocorreu. Quer dizer...

— Quer dizer que, apesar de todo o rigor, foi possível enganar a polícia.

— Eu não enganei ninguém. O investigador não me perguntou nada sobre padre nenhum.

— Perguntou onde você estava na hora das mortes?

— Perguntou, e eu respondi que estava no bosque ao lado da casa, com aqueles dois que saíram correndo atrás de mim, o que eles confirmaram sem que eu precisasse pedir nada. Eu não queria confusão para o meu lado. Nem com a polícia, nem com Hemistíquio.

— Então você enganou a polícia.

— Enganei um pouco, e daí?

— E daí que, assim como fez com a polícia, você também pode estar me enganando.

— Aonde você quer chegar?

— Quem me garante que você não participou do crime?

— Você está louco!

— Quem me garante que você não presenciou o crime?

— Juro que não vi, nem fiz nada. Contei toda a verdade a você. E você agora tem de jurar outra vez que não falará nada a ninguém. Você jura?

— Já jurei.

— Jure de novo.

XI

Já amanhecia quando Antônimo estacionou o carro próximo à praia que costumava freqüentar no início de seu casamento. Andou cem metros até chegar à areia. No caminho estreito, o perfume das flores debruçadas sobre os muros das casas pouco a pouco era superado pelo cheiro de maresia que antecipava o horizonte infinito. Diante do mar que à luz da manhã recobrava o seu azul, Antônimo esperava recuperar também algo de sua própria essência. Mas essa esperança não demorou a evaporar-se. Ele acompanhou por alguns minutos o nascimento e a morte das ondas, observou aquelas que interrompiam nas pedras a sua brevíssima existência, perscrutou os morros que emolduravam a pequena enseada. Nada vezes nada. Veio-lhe, então, à cabeça um poema que Eugenio Montale dedicara ao Mediterrâneo:

Antico, sono ubriacato dalla voce
che esce dalle tue bocche quando si schiudono
come verdi campane e si ributtano
indietro e si disciolgono.
La casa delle mie estati lontane
t'era accanto, lo sai,
là nel paese dove il sole cuoce

e annuvolano l'aria le zanzare.
Come allora oggi in tua presenza impietro,
mare, ma non più degno
mi credo del solenne ammonimento
del tuo respiro. Tu m'hai detto primo
che il piccino fermento
del mio cuore non era che un momento
del tuo; che mi era in fondo
la tua legge rischiosa: esser vasto e diverso
e insieme fisso:
e svuotarmi così d'ogni lordura
come tu fai che sbatti sulle sponde
tra sugheri alghe asterie
*le inutili macerie del tuo abisso.**

Antônimo declamou o poema em voz baixa. Há dez anos, os versos o emocionavam. Agora, era como repetir a lista do supermercado. Montale continuava a ser grande, mas ele, Antônimo, perdera a conexão com a poesia. Talvez porque a poesia, no fundo, fosse uma experiência pessoal e intransferível, da qual só se pode

* Tradução livre: Antigo, estou embriagado pela voz / que sai das tuas bocas quando se abrem / como verdes campanas e recuam e se dissolvem. / A casa dos meus verões longínquos / era ao teu lado, tu sabes, / lá onde o sol escalda / e os mosquitos anuviam o ar. / Hoje, como então, estou petrificado na tua presença, / mar, mas não mais digno / me creio da solene advertência / da tua respiração. Tu me disseste antes / que o pequeno fermento / do meu coração não passava de um momento / do teu; que estava em mim / a tua lei arriscada: ser vasto e diverso / e ao mesmo tempo fixo: / e esvaziar-me assim de toda sujeira / como tu fazes ao atirar nas margens / entre cortiças algas astérias / os inúteis destroços do teu abismo.

captar a superfície, no melhor dos casos. E essa superfície acaba deixando de ter sentido, como uma paisagem de cartão-postal admirada à exaustão. Antônimo olhava o mar, mas não enxergava nada além da beleza vulgar que faz a alegria dos turistas. Um sorriso de escárnio estampou-se em seu rosto: emprestar transcendência àquilo lhe pareceu de uma banalidade estúpida. Talvez Montale fosse apenas mais um idiota, tentando dar significado ao que não tem nenhum. Talvez não houvesse profundidade alguma na poesia, e ela fosse só isso — superfície.

Ele agora estava entorpecido. *"Il mare è di tutti quelli che lo stanno ad ascoltare", "Il mare è di..."* De quem era mesmo essa frase? Do siciliano Verga, quem sabe... Isso, era de Verga. Por que um dia ele havia lido Giovanni Verga, já não conseguia entender. A Aci Trezza de Verga, por onde havia passado Ulisses, tudo isso estava tão distante... Ulisses, sim, tinha para onde voltar. O mundo é menos ameaçador quando se tem para onde voltar, ou seria o contrário? E essa pergunta... Quantas perguntas inúteis nos fazemos ao longo da vida... Seria essa uma medida da nossa própria nulidade? Talvez devesse grampear os dedos das mãos, assim como fizera Hemistíquio, para ao menos sentir dor — na expectativa de que a espera pela cessação da dor desse um sentido, ainda que efêmero, a um minúsculo segmento de sua existência. O sentido da vida: quantas piadas já se fizeram a respeito dessa bobagem. Mas seria mesmo uma bobagem... Talvez devesse ter um filho (Bernadete teria um, não teria?), para ressuscitar uma emoção qualquer.

E que mulher desejaria um filho dele? Antônimo voltou a rir. Um filho... Nem mesmo com Bernadete. Havia mentido para ela ao lhe propor que tivessem um, e Bernadete no fundo sabia disso. Um filho que fracassasse ou que o superasse — qualquer uma dessas hipóteses seria insuportável.

Talvez, talvez, talvez. Talvez ele devesse se matar, assim como Augusto o fizera. Não era a primeira vez que cogitava suicidar-se, mas a verdade era que a sua existência nunca lhe parecera trágica o suficiente para que tomasse esse caminho sem volta. Nem agora, pensando bem. Era preciso levar muito a sério a si próprio, e nem disso ele era capaz, apesar de não querer se ver suplantado ou desapontado por um filho. Mesmo nos momentos de desespero, era comum que se deixasse levar por pensamentos banais. Seria ele menos humano por causa disso? Ou mais humano? Ser humano não era, afinal de contas, contentar-se com a superfície? Outra vez a superfície. O diabo era que ele não conseguia ser inteiramente superficial, nem inteiramente profundo. Augusto também não parecia ser lá muito profundo, e no entanto deixara aquela poesia. Mas se a poesia é superfície...

Augusto: ele remoía a história relatada por Kiki na véspera, mas era impossível saber ao certo de que modo Hemistíquio e Farfarello haviam participado daquilo. Eles teriam ajudado Augusto a assassinar a mulher e depois o matado? Sido cúmplices de Augusto e depois assistido ao seu suicídio? Apenas presenciado as duas mortes, sem interferir? Neste último caso, ainda assim não estariam livres de culpa, seriam co-autores. A única maneira de saber era perguntar a Hemistíquio, mas Antônimo receava não tanto a resposta como as suas conseqüências. Qualquer que fosse a resposta, ela o ligaria àquele episódio e, por extensão, a Hemistíquio.

Antônimo observou um tronco de árvore, sujo de piche, que havia sido trazido à areia pelo mar. *"Le inutili macerie del tuo abisso..."* Foi assaltado pela idéia de que ele próprio era um inútil, apenas um dejeto em meio a um oceano de existências dignas deste nome. O que fizera de sua vida até aquele momento? Nada. Não conseguira amar os que o amaram (e estes haviam sido tão poucos!), não deixara nenhuma marca relevante em nenhuma atividade na qual se empenhara (a não ser para Kiki e seu ex-namorado mochileiro, mas Kiki e sua turma eram também só lixo). Que epitáfio teria um dejeto como ele? Diante daquela paisagem marítima que convidava à vida, ele pôs-se a pensar numa frase que, na sua morte, resumisse a sua existência idiota. E foi então que teve a impressão de ouvir uma voz, misturada à brisa marítima, que lhe soprava no ouvido:

"Aqui jaz aquele que morreu sem nunca ter sido."

Morrer sem nunca ter sido. Mas sido o quê? E foi então que a mente de Antônimo iluminou-se: sem ter sido um homem de espírito. Sim, era o que ele desejava ser: alguém que ajudaria a mudar, por meio de uma iniciativa pessoal, o destino do mundo. Era essa ambição que o impedia de ser "um homem normal", como gostava de dizer Bernadete. Por não conseguir realizá-la é que ele tantas vezes se sentira morto ou prestes a ser morto — inclusive por Bernadete, que só o desejava "normal". Desde criança, Antônimo se sentia diferente, especial, sem no entanto alcançar qual era, afinal de contas, a sua especialidade. Todos aqueles momentos de angústia que pontuavam sua vida, todas aquelas tardes vazias comendo biscoitos, todos aqueles artigos idiotas: tudo isso era sintoma não de sua vacuidade, como sempre pensara, mas de uma espera.

Antônimo respirou fundo, de olhos fechados, *"ubriacato dalla voce che esce dalle tue bocche quando si schiudono come verdi campane e si ributtano indietro e si disciolgono"*. Não, a poesia não era só superfície — não para quem decidisse transformar a própria vida em poesia. Sim, era isso que ele precisava fazer: dar à sua existência uma dimensão poética. Brutalmente poética. Todos os grandes homens haviam feito isso de alguma forma. Tanto os bons quanto os maus. Mas o que é o Bem e o que é o Mal? Se Deus não poderia existir sem a maldade, se ela também fazia parte do desenho divino, então... Então era isso! Não havia como julgar os homens de espírito, porque todos eles obedeciam aos desígnios de Deus. Que importava se, nos versos que compunham, algumas vidinhas sem valor se perdessem no caminho? Era o todo que importava. O todo!

Ele já não conseguia condenar Hemistíquio e Farfarello. Os dois, estava claro, eram sócios em uma empreitada que visava a um objetivo maior. Sim, era isso: uma nova religião! Uma religião que celebrasse os sentidos como a única forma de conhecimento do mundo, da vida e da morte... Augusto. Hemistíquio havia falado que ele, Augusto, seguira o seu próprio impulso, "a expressão mais pura dos sentidos". Não, não havia cinismo nenhum nessa afirmação. Hemistíquio e Farfarello haviam presenciado as mortes de Augusto e de sua mulher. Ninguém era cínico a esse ponto. Talvez eles fossem mesmo homens de espírito, fundadores de um outro caminho. Um caminho que continha uma dose de Mal, está certo. Mas, como o Mal integra o desenho divino, sempre é necessário existir alguém para fazer o serviço sujo. E se esse destino, o de fazer o serviço sujo essencial ao plano divino, é fruto do livre-arbítrio humano, quem se apresenta para desempenhar esse papel há de ser considerado por Deus um filho especial. Um filho que O ama tanto que se mostra disposto a perder as vantagens proporcionadas pelo Bem. A enfrentar o limbo, o inferno ou seja lá o que for para que Deus possa realizar-se em sua glória. O Mal seria, assim, uma estrada paralela à estrada do Bem — e ambas se encontrariam no infinito. O infinito que é Deus!

Uma religião dos sentidos que levasse ao conhecimento total — estaria ele, Antônimo, preparado para ser um de seus apóstolos? Estava claro que era a proposta que Hemistíquio estava para lhe fazer. Ele e Farfarello o atraíram para seus ev**entos** porque haviam farejado nele essa possibilidade. Julgavam-no um homem de espírito, assim como ele próprio sempre se considerara, embora nunca houvesse dito isso a si mesmo até aquele instante. Não, ele não morreria sem nunca ter sido. Não, ele...

Que bobagem imaginar-se diferente daquele tronco sujo de piche que o mar havia depositado na areia! Quanta ingenuidade, quanta pretensão!

Antônimo observou uma gaivota solitária, que voava em círculos imperfeitos sobre o mar. Ele também estava só, ele também voava em círculos imperfeitos. Mas, não demorou muito, seu rosto estampou um sorriso. Pretensão e ingenuidade: ora, esses também não eram atributos de um homem de espírito? Muitos dos grandes homens haviam sido ridicularizados, no início de seu caminho, por parecer demasiado ambiciosos e desprovidos de senso de realidade. E se "realista" fosse apenas um eufemismo para designar os fracos, os sem-espírito? Antônimo compreendeu, então, qual era o Deus em que ele havia passado a acreditar, desde que sua vida entrara naquele tumulto de ocorrências e pensamentos. Era o Deus que dera a ele, Antônimo, a capacidade de diferenciar-se do rebanho. Era o Deus que o gerara muito além do Bem e do Mal. Era o Ser que criara o Universo, a gênese de toda a pretensão e de toda a ingenuidade, e dessa forma se transformara em Deus. "Destruirei a sabedoria dos sábios e rejeitarei a inteligência dos inteligentes. Onde está o sábio? Onde está o homem culto?" Sim, agora ele entendia o real significado daquelas palavras.

E foi assim que Deus se fez para Antônimo, e Antônimo se fez Deus diante de Deus. Terríveis acontecimentos se verificariam a partir daí.

SEGUNDA PARTE

12

Eu esperava um comentário seu imediatamente depois da última sessão de leitura, mas você foi embora sem dizer nada. Imagino, então, que não gostou... Compreendo quando você diz que é um livro perturbador. Parei de escrevê-lo pouco antes de matar meu pai, quando fui engolido pelos acontecimentos que me levariam ao parricídio. O quê...? Não é verdade. Não emulei meus personagens quando eliminei meu pai... Desculpe, mas dispenso esse tipo de comentário... Não, não quero ouvir... Como? De que manual idiota você tirou essa história de que a palavra "eliminar" é típica de quem premedita com frieza uma morte? Eu lhe entrego o que tenho de mais valioso, e é assim que você me recompensa. Mais do que a tentativa de fazer literatura, meu livro sem final é a representação concreta da minha vida interrompida, e é por isso que seu valor é imensurável para mim. Ele é a afirmação de que consegui ser sujeito da minha própria história. Eu decidi matar meu pai, eu decidi interromper meu livro, eu decidi... Não, não é verdade que essa talvez fosse a minha única saída. Havia a de continuar vivendo como se nada tivesse ocorrido. Mas, ao seguir o caminho em que estou, coloquei um ponto final naquilo tudo, está entendendo? Impus a minha vontade a todos. Até a você, que nada tem a ver com a história, mas passou a respirá-la e a lembrará até o dia de sua morte... Confirmo que matei meu pai como quem respira — mas isso fala da firmeza da minha resolução, e não da falta de outra saída. A minha foi uma atitude consciente, lúcida, racional até, não importa o adjetivo que se dê. Estou me lixando para o fato de me acharem louco, ou de eu estar aqui, neste lugar, graças a um atestado de insanidade que médicos e juízes me deram. Eu não sou louco, você está ouvindo?, eu não sou louco.

Não está claro por que matei meu pai? Mas eu não tenho clareza a oferecer. Só escuridão.

Eu ansiava por uma apreciação isenta do meu livro, e você aparece aqui com essas... Você barateia a mim e ao que escrevi, estabelecendo relações fáceis, mecânicas. Não esperava tanta estupidez de sua parte. Por favor, saia, e não volte nunca mais.

13

Dez dias se passaram desde que nos vimos pela última vez. Foi o suficiente para eu me acalmar e chegar à conclusão de que lhe devo desculpas. Você me desculpa?

É que eu fantasiava seduzi-la por meio do meu livro. Afinal de contas, é para isso que servem os livros sobretudo — para seduzir. E você, ao que parece, não se deixou seduzir. Quis fazer interpretações que... Vamos lá, diga: por que você acredita que emulei meus personagens? Ou seja, que o livro antecipa o parricídio... Antecipar é uma palavra forte? Então, use uma outra qualquer. Conexão, talvez.

Os irmãos Karamazov é a história de um parricídio, e daí? O fato de eu citá-lo não significa que pretendia matar meu pai. Só tem a ver com parte das minhas preocupações filosófico-religiosas, já que se trata de um romance sobre a existência de Deus... Coincidência? Sim. Você me concede o direito às coincidências ou seria pedir muito?

Que curioso... Eu disse isso no início de nossa conversa? Que, depois de matar meu pai da mesma forma que se respira, encostei o pedaço de madeira atrás do sofá, como se ele fosse um objeto ritualístico? Havia me esquecido desse pormenor. É verdade: a morte de Augusto, para Hemistíquio e Farfarello, também teve um caráter ritualístico. Sim, Antônimo se tornaria igual a eles. Sabe do que mais? Ao contrário do que eu imaginava, você se deixou seduzir pelo meu livro — até mais do que seria desejável. Aposto que, durante esse tempo todo, você não pensou em outra coisa. Eu, pelo menos, só pensei em você.

Desculpe outra vez, eu não queria constrangê-la. Não me leve a mal, é que você se tornou a minha única ligação com... Sei lá o quê. Eu ia dizer mundo exterior, mas isso não é verdade. Você não traz nada lá de fora. O único assunto sou eu, minha história, o que fiz. Mas, de certa forma, você é o mundo exterior, um pedaço dele. É outra voz, pelo menos. Há dias em que não ouço nenhuma voz, nem a minha própria. É o meu isolamento. Não tenho ninguém, só você. E eu a perderei quando esta nossa conversa chegar ao fim. Você não voltará nunca mais, eu sei... Não prometa o que não pode cumprir. Odeio quando sou tratado com complacência. Sou um assassino, um parricida, não mereço piedade, e nem a quero.

A leitura do livro, a sua leitura do livro, quero dizer, deixou-me transtornado. Você lia com tanto interesse. Já não sei se gosto de sabê-lo inacabado. O seu vivo interesse — deu para notar pela maneira como lia — plantou uma dúvida em minha cabeça. E eu não podia ter essa dúvida, está ouvindo, porque nem mesmo um parricida merece ser torturado desse jeito... Que dúvida? A de que talvez eu não tivesse outra saída. Não, não posso pensar nisso. Preciso respirar um pouco, preciso respirar... A tontura, meu Deus, a tontura, ela está de volta...

14

Estou bem, obrigado. Não, a tontura não voltou, foi só impressão minha. Podemos conversar, não se preocupe, estou sob controle outra vez. A dúvida se dissipou, e tudo tornou a ficar claro.

Vamos ao que interessa. Eu disse a você que a leitura do meu livro a ajudaria a compreender alguns dos meus processos. Alguns. E esses processos são intelectuais... Pode falar... Antônimo diz a certa altura que o pai dele não vale a pena, e daí? É uma citação (carregada de auto-referência, reconheço) que só reforça a minha intenção de, por meio do livro, apartar-me dessa ligação real que me consumava.

Não tente achar pistas na trama propriamente dita, por favor. É rasteiro. O que eu tenho a dizer é muito mais interessante para você. E torna tudo mais claro. Você quer clareza, não quer?

Eu desejava, como já disse, especular sobre o nascimento do Mal, depois de acumular algum conhecimento filosófico, literário e existencial... Diga... Não quero ofendê-la, mas essa é uma visão limitada da questão. Tente ser menos analista e mais filósofa. Está certo que a ciência explica que nascemos com determinações genéticas que podem ser desenvolvidas ou atrofiadas pelo ambiente. Está certo também que a psicologia pode apontar os sentidos das minhas blasfêmias de menino e de muito do que se seguiu. Mas o meu ponto não é esse. É mais transcendente. Eu estava interessado, repito, em saber o que está além dos genes e seus detonadores psicológicos ou sociais.

Vamos pegar um caso histórico. Hitler. Acredita-se que suas frustrações artísticas e sua homossexualidade reprimida levaram-no a cometer todos aqueles horrores. Como se elas tivessem acionado hipotéticos genes do Mal. Mas, se fosse apenas isso, deveria haver centenas de monstros do calibre de Hitler na história humana — e não os há. Os seguidores de Hitler? Só confirmam a minha tese. Dada a pequenez de suas personalidades, eles não teriam existido, ou seriam apenas criminosos comuns, se não fosse Hitler. Pensemos no oposto: no Bem. O exemplo de São Francisco de Assis. Numa época de completa dissolução moral e religiosa, ele renunciou à riqueza para converter-se a uma vida dedicada a Cristo e aos pobres. Angariou milhares de seguidores, mas não há registro de que um deles tenha atingido o mesmo grau de santidade e abnegação. Hipotéticos genes do Bem explicariam Francisco? Mas, se assim fosse, não deveriam existir outros tantos como ele?

Aonde estou querendo chegar? Ora, você leu *Futuro*. Na idéia de que há homens de espírito, para o Bem e para o Mal, aos quais é concedido o completo livre-arbítrio. São os homens de espírito que movem a humanidade e, por um caminho ou outro, realizam os desígnios de Deus... Como podem conviver desígnios divinos e livre-arbítrio? Esse é o ponto que eu gostaria de ter desenvolvido no meu livro: os desígnios de Deus são gerais, mas são levados a cabo pelo livre-arbítrio de indivíduos especiais. Ou seja, era preciso existir um São Francisco de Assis, da mesma forma que era imperativo que houvesse um Hitler, para que a humanidade seguisse o rumo traçado por Deus. Mas São Francisco só se tornou São Francisco e Hitler só se tornou Hitler porque lhes foi dada a capacidade de escolher. E o primeiro escolheu o Bem, e o segundo, o Mal. Isso quer dizer também que São Francisco poderia ter escolhido o Mal e Hitler, o Bem... Sim, de certa forma, eles foram iguais em algum momento. É mais uma heresia para a minha lista.

Você está certa: a maioria das pessoas escolhe o seu rumo. Mas, a menos que se seja um homem de espírito, esse poder é limitado, aí sim, por determinações endógenas, pelo instinto de seguir com o rebanho. Para elas, o arbítrio não é, assim, tão livre quanto imaginam. É isso que permite a Deus perdoar os pecados dos pequenos... Se um monstro como Hitler pode ser perdoado? Bem, partindo do pressuposto de que a sua escolha inteiramente livre está inserida no plano divino, creio que sim. Como está escrito no último capítulo de *Futuro*, o Mal e o Bem são paralelas que se encontram no infinito que é Deus. Mas o perdão aos homens de espírito que escolhem o Mal talvez esteja além do entendimento humano.

A minha capacidade de interlocução com a tradição literário-filosófica. Você daria uma ótima crítica literária, sabia? A arte de dizer nada dando a impressão de dizer tudo. Outra vez o sarcasmo, desculpe-me. Lembra-se da passagem em que está escrito que Antônimo, para passar o tempo, gostava de fazer associações? Pois bem, aquela associação atribuída a ele como a sua preferida é, na verdade, uma fala de um personagem da *commedia dell'arte*, Il Dottore. Interlocução é isso aí: roubo, mesmo.

O que aconteceria com Antônimo? Ele acreditava-se um homem de espírito, mas não o era de verdade. Se eu tivesse continuado o livro, Antônimo formaria uma trindade com Hemistíquio e Farfarello. Seu batismo nas trevas da religião dos sentidos seria matar Kiki, num ritual semelhante ao que levara Augusto a matar sua mulher. O Antônimo abúlico e desconfiado daria lugar a um pregador eloqüente, com enorme talento para agregar pessoas endinheiradas à nova religião. O entusiasmo dos neófitos, você sabe. Graças a Antônimo, as orgias se tornariam cada vez mais fantásticas, e eles conseguiriam construir uma espécie de catedral do prazer, longe da cidade. O sucesso do empreendimento atrairia a cobiça de achacadores ligados à polícia e aos traficantes da erva alucinógena que animava as festas. A situação se complicaria. Para evitar que o negócio ruísse, Farfarello sugeriria a Antônimo que, sem o conhecimento de Hemistíquio, procurasse o senador que este chantageara a princípio. Com grande influência nas esferas mais altas do poder policial, o senador poderia ajudar a tirar os achacadores do caminho. Antônimo seguiria o conselho de Farfarello e ouviria do político que sua intervenção só ocorreria se Hemistíquio fosse eliminado. O senador queria vingar-se de seu chantageador. Antônimo hesitaria, mas Farfarello o convenceria de que isso deveria ser feito, para que ambos se salvassem, assim como o seu empreendimento. Antônimo, então, mataria Hemistíquio, depois de um diálogo em que Hemistíquio se oferece como cordeiro a ser sacrificado. Eu tinha um esboço desse diálogo, mas o perdi. Continuando: depois de matar Hemistíquio, Antônimo receberia uma fita de vídeo em sua casa. Farfarello filmara o assassinato e estava disposto a entregar uma cópia da fita à polícia, caso Antônimo não sumisse do mapa, deixando todo o negócio para ele, Farfarello. Desnorteado, Antônimo voltaria à praia onde descobrira, ou acreditara ter descoberto, ser um homem de espírito. Lá, diante da constatação de que, na verdade, não passava de um assassino frio, ele se afogaria. "Outro futuro dissolvido sob o silêncio da natureza." Era essa a frase com a qual eu planejava terminar o capítulo... O que aconteceria com Farfarello? Ficaria claro que ele era o vencedor. Farfarello arquitetara tudo: a chantagem com o senador, o encontro de Antônimo e Hemistíquio, a conversão de Antônimo, os achacadores, a exigência do senador de eliminar Hemistíquio, o assassinato de Hemistíquio — e, pode-se dizer, até mesmo o suicídio de Antônimo... Não, ele não era um homem de espírito que optara pelo caminho do Mal. Farfarello, na verdade, era o próprio demônio. Ele se materializara para brincar com duas almas pequenas e pretensiosas, as de Hemistíquio e Antônimo. O nome

Farfarello, aliás, é uma pista erudita: trata-se de uma alcunha do demônio na antiga literatura italiana.

Vá em frente, pergunte... Se em algum momento acreditei ser um homem de espírito, assim como Antônimo? Reafirmo que podia ter escolhido poupar meu pai e a mim... O completo livre-arbítrio que é atributo dos homens de espírito? Sei aonde você quer chegar. Eu diria que seria um criminoso comum se tivesse apenas matado meu pai. Mas as motivações filosóficas para esse ato e o que se seguiu ao parricídio pertencem à esfera do extraordinário. Fui ao mesmo tempo o crime e o castigo. Como?... Não, você está enganada, alguém que mata e depois se mata é o contrário. Tudo o que um suicida dessa estirpe não quer é provar o castigo, expiar a sua culpa. É um fraco. Já eu expio a minha culpa, sou confrontado com ela todos os dias.

15

Sonhei na noite passada que eu era criança e estava sozinho em minha casa, passando mal. Eu vomitava e não havia ninguém para me socorrer. Angustiante. De fato, passei por esse tipo de situação diversas vezes depois da morte da minha mãe. As empregadas não duravam um ano em minha casa — meu pai as mandava embora antes que pudessem entrar de fato em nossa intimidade. Assim, eu ficava sempre na companhia de estranhas que pouco se importavam se estava bem ou mal. Faziam seu serviço e, durante a tarde, sumiam na edícula que ficava numa área atrás da cozinha. Só apareciam para atender à porta ou preparar o lanche da tarde... Minha rotina? Ia para a escola de manhã, chegava na hora do almoço, comia sozinho, fazia minhas lições, via TV, tomava lanche sozinho, dava um mergulho na piscina, tomava banho (muitas vezes não tomava, porque ninguém me fiscalizava), jantava sozinho, via mais TV e, assim que ouvia meu pai chegando, corria para o meu quarto, para fingir que dormia. E eu acabava dormindo, é claro. Quando passava mal, assim como no sonho, era o motorista que me socorria. Mas nem sempre ele estava em casa, visto que meu pai utilizava bastante os seus serviços. Foi uma pré-adolescência bastante solitária, a minha, assim como a adolescência... Sim, meu pai levou-me ao médico por causa das tonturas. Fiz uma série de exames, que nada constataram. O diagnóstico foi "distúrbio neurovegetativo", um nome que os médicos usam quando não sabem definir qual é o problema. Como lhe foi garantido que eu não morreria daquilo, meu pai deixou de se incomodar com minhas crises. Eu podia passar uma semana sem ir à escola que ele não se importava. Saía do mesmo jeito para trabalhar e farrear. A única diferença era que, nessas ocasiões, ele permitia que o motorista deixasse seus afazeres de lado e me fizesse companhia.

Se tinha amigos na escola? Não é que eu não os tivesse, mas nunca consegui de fato ser amigo deles. De vez em quando um se convidava para passar a tarde na minha casa. Quando isso ocorria, eu desconversava. Dizia, por exemplo, que a piscina estava em reforma ou que eu tinha de ir ao médico. Coisas assim. É difícil explicar: eu não gostava de ficar sozinho, mas, ao mesmo tempo, estava acostumado à solidão. Ela parecia ser o meu estado natural... Os fins de semana? Bem, quando meu pai viajava, e ele viajava muito, eu seguia a rotina de todos os dias. Quando estava na cidade, íamos para o clube de campo. Ele passava o tempo inteiro tomando *whisky* com os amigos, e eu ficava vagando, pulando de um grupo de crianças para outro, sem me fixar em nenhum.

Não, meu pai não tinha família. Quer dizer, ele tinha, mas não gostava de proximidade. Sua origem era humilde, e ele irritava-se ao constatar como seus parentes eram pessoas que não haviam conseguido sair do círculo das dificuldades materiais que o marcaram na infância. Na verdade, quando falo parentes, refiro-me a primos e tios. Meus avós paternos, assim como os maternos, haviam morrido antes de eu nascer, e seu único irmão, mais moço, emigrara para a Austrália, sem deixar rastro. Uma vez esse meu tio tentou restabelecer contato, via telefone. Mas meu pai o afugentou aos palavrões, segundo me contou o motorista, que presenciara a cena... A irmã de minha mãe? Bem, como disse, ela mora no exterior. Passou por vários lugares: Nova York, Paris, Milão. Seguia o marido, um executivo de multinacional que várias vezes foi transferido de posto. Depois que ele morreu, minha tia mudou-se para uma cidadezinha a uma hora de carro de Roma, nas montanhas — Anticoli Corrado. É um lugar muito apreciado por escultores e pintores. Essa minha tia sempre teve veleidades artísticas. Faz gravuras, algumas delas interessantes. De vez em quando ela manda cartas, que não respondo, e tenta falar comigo pelo telefone, mas eu não atendo. Minha tia sente-se um pouco culpada por tudo o que aconteceu... Poderia atendê-la, eu sei, mas o preço que me impus é alto, tem de ser assim.

16

Quando minha mãe estava viva, eu lia para adquirir conhecimento suficiente para impressioná-la e também humilhar meu pai. Com a sua morte, deixei os livros de lado por um bom tempo. Só fui retomá-los aos catorze anos, mais ou menos. Acho que recomecei a ler porque era uma forma mais eficiente de passar o tempo. Lia com tanta sofreguidão que, em vez de brinquedos ou porcarias doces, comprava livros com a gorda mesada que recebia. Meu pai sempre me deu muito dinheiro. Não por generosidade, mas por displicência: era uma forma de dizer dane-se, ele que se vire. Tive de começar a minha biblioteca quase do zero, já que uma das primeiras atitudes de meu pai, depois da morte de minha mãe, foi doar a maior parte dos livros dela para uma instituição de caridade. Assim como fez com as roupas, as jóias e todos os demais objetos pessoais de minha mãe. Até as fotografias dela foram parar nas mãos de minha tia. Eu as recuperei depois de adulto, e hoje as guardo no armário que tenho aqui.

Passei a adolescência lendo — inclusive porque isso irritava o meu pai, que creditava às minhas leituras o fato de eu ser um adolescente franzino e pálido. No clube de campo, ele não conseguia esconder a inveja dos amigos que tinham filhos fortes e bronzeados, que já colecionavam namoradinhas e gostavam de falar canalhices. Eu, para marcar mais a minha diferença em relação a eles, só abria a boca para dizer que a burguesia estava com os dias contados e que, pior do que assaltar um banco, era fundar um banco. Não que eu fosse um fedelho metido a comunista. Havia lido o *Manifesto* e outras bobagens que tais apenas para ter munição na hora de provocar meu pai e seus amigos ricos. Era mais ou menos como usar calças rasgadas e camisetas sujas, o que também fazia.

Incomodado com o fato de eu não ser igual aos idiotas que ele considerava modelos de jovens saudáveis, meu pai resolveu que me ajudaria a me tornar um homem, segundo suas próprias palavras. Começou a puxar conversas safadas comigo e, certa noite, arrastou-me a um "restaurante especial" — um prostíbulo de luxo. "Escolha qualquer uma que eu pago", disse ele, mostrando-me as moças. Para escapar daquela situação, inventei que estava tonto, muito tonto, e que desmaiaria se não saísse dali. Meu pai, é claro, não acreditou. Só concordou em ir embora porque não queria correr o risco de ser coadjuvante na cena ridícula de um desmaio. Durante o trajeto até nossa casa, ele cobriu-me de insultos. Disse que eu era um viado, um anormal, um doente — e que nunca mais sairia em minha companhia. Nem mesmo para ir ao clube de campo. Para a minha imensa satisfação, ele cumpriu a palavra. Só voltaríamos a sair juntos quando comecei a namorar a mulher com quem viria a me casar... Com que idade deixei de ser virgem? Pouco depois de meu pai ter tentado me iniciar. Eu estava com uns dezessete anos e meio. Fui sozinho a um prostíbulo do centro. A puta que escolhi estava com o braço quebrado e, depois que fizemos sexo, para completar a hora a que tinha direito, ela começou a contar uma história estranha. Disse que na sua cidade havia mulheres que geravam filhos meio animais, meio homens. Devia ser louca.

Voltando às minhas leituras, eu lia tanto que o meu desempenho escolar chegou a ser prejudicado. Eu deixava o estudo de lado para me concentrar em romances, contos e peças, alguns deles impenetráveis a um adolescente... Se os livros me fizeram feliz em alguma medida? Pelo contrário, ajudaram-me a ser ainda mais infeliz. Mas era uma infelicidade especial, de quem se crê melhor que o resto das pessoas. Ir aos livros para sentir-se especialmente infeliz: não há nada de incomum nisso. Diria até que é o mais lógico. Não vou divagar muito a respeito porque esse não é nosso assunto. Só gostaria de fazer uma consideração: acho que a literatura é a arte de confirmar a infelicidade humana aos que já são propensos a ser infelizes. Ou, pelo menos, a de mostrar o quão limitada pode ser a felicidade. É possível compor belas sinfonias que transbordam a mais pura alegria e pintar quadros magistrais em que a luz radiosa de uma manhã é a única protagonista. Mas não há um grande livro que não tenha na infelicidade seu tema principal... Por que é assim? Porque é preciso ser infeliz em essência para escrever um livro, e procurar, no interregno da escritura, alguma felicidade. Clarice Lispector, lembra-se? E eu.

O aspecto irônico é que, por causa da minha entrega aos livros, eu acabaria por viver a ilusão de que poderia ser feliz em tempo integral. É uma relação indireta, mas pode ser feita. Eles, os livros, levaram-me ao lugar onde viria a conhecer minha mulher... Não, não creio que seja mais adequada a expressão "ex-mulher". Está certo que vivemos longe um do outro, mas continuamos casados no papel. É porque, do ponto de vista legal, essa foi a melhor forma que nossos advogados encontraram para que eu continuasse a usufruir da fortuna de meu pai — usufruto este que agora se resume ao pagamento da mensalidade deste lugar. Como você deve saber, perdi o direito a qualquer herança depois que cometi o assassinato.

Posso, portanto, chamá-la de minha mulher. E assim o farei até o final dos meus dias.

17

Foi em Paris. Eu havia acabado a faculdade de filosofia e comprado uma vaga na pós-graduação de uma das melhores universidades francesas — não só para ampliar meus horizontes, como para ficar ainda mais longe de meu pai. Ele, a essa altura, se divertia em especular sobre meu futuro como filósofo desempregado e, o que era mais engraçado na sua opinião, dependente de um porco capitalista que auferia lucros fabulosos no mercado financeiro. Meu pai nunca primou pela originalidade das piadas, como qualquer porco capitalista que aufere lucros fabulosos no mercado financeiro. E eu, como filósofo desempregado, sem futuro e filho de um porco capitalista que auferia lucros fabulosos no mercado financeiro, ficava irritado com as suas piadas pouco originais. Enfim, essa dependência era mais fácil de ser digerida por mim a dez mil quilômetros de distância. Como recebia uma mesada gorda, eu alugara um apartamento num endereço chique da Rive Gauche, próximo ao Museu d'Orsay. Ia à universidade de manhã e tinha a tarde e a noite livres. Para acompanhar o curso, só precisava ler a bibliografia essencial, que não era assim tão extensa, e mais nada. Esse negócio de pós-graduação na França é a maior moleza. Aproveitava as horas de ócio para freqüentar a Biblioteca Nacional, onde preenchia as minhas lacunas de literatura francesa e também russa. Eles têm boas traduções dos autores russos, descontadas algumas intervenções cosméticas que costumam lustrar os trechos nos quais deveria haver muita poeira.

Uma vez por semana, saía para jantar com minha tia e o marido dela, que nessa época moravam em Paris. Eu já estava nessa vida boa fazia uns três meses, quando, numa tarde de inverno, fui abordado por aquela que viria a ser a minha mulher. Estava entretido na leitura de um ensaio sobre Dostoievski, no momento em que ouvi a sua voz rouca, de uma rouquidão promissora, atrás de mim: "Que concentração!" Virei-me bastante irritado com a falta de educação da concidadã. Mas, em vez de dizer um desaforo, fiquei paralisado.

Não sei se você teve oportunidade de ver uma foto de minha mulher nos jornais, durante o turbilhão sensacionalista que se seguiu à morte de meu pai... Não? Então, vou descrevê-la. Não será difícil, pois sua beleza é de folhinha. Ela é alta, tem os cabelos castanho-claros, sempre cortados à altura dos ombros (ainda deve ser assim, imagino), os olhos de um azul acinzentado e a pele de um branco imaculado. O seu corpo é tão perfeito que as pequenas imperfeições que um olhar escrutinador pode notar aqui e ali só acentuam a harmonia do todo — porque é atributo da beleza conter defeitos que, ao se diluírem nela, só aumentam o efeito do que é belo. Seu sorriso é o sorriso burguês, de dentes alinhados por obra da ortodontia, mas temperado com um ar moleque que contamina todas as suas expressões. Outro aspecto delicioso é a graça dos seus movimentos: o leve meneio das ancas ao andar, o olhar que chega com um centésimo de segundo de atraso quando ela vira o rosto em direção a alguém, as mãos de dedos longos e finos que, ao se estenderem para tocar um objeto, o fazem de forma tão lenta que o mundo parece girar mais devagar... Estes últimos atrativos, é lógico, só se mostrariam depois. Mas foi como se tivesse antecipado todos eles no instante em que a vi na biblioteca... Amor à primeira vista? É, na falta de uma definição menos vulgar, essa serve.

Como eu não dizia nada, maravilhado que estava, ela desatou a falar. Contou que me observava já havia uma semana. "Da primeira vez que o vi, você estava com um livro de um autor nacional nas mãos. Foi assim que deduzi que...", explicou. A razão de sua presença na biblioteca era uma pesquisa sobre a comida francesa do século XVIII, tema de um trabalho teórico exigido pelo curso de culinária em que estava matriculada desde o ano anterior. A escola era uma das mais respeitadas do mundo, mas boa parte dos alunos era composta por riquinhos do Terceiro Mundo que só estavam lá para ter como justificar a estada prolongada na Europa. Quando teci essa consideração, ela protestou. Disse que, quando viesse a diplomar-se, abriria um restaurante chiquérrimo. "Chiquérrimo" não faz parte do meu vocabulário: é um dos adjetivos preferidos de minha mulher. Só depois de me pôr a par de seus planos, perguntou o que eu fazia. Eu disse que estudava filosofia e, enquanto relatava o meu dia-a-dia, tive a impressão de que não estava assim tão interessada — é curioso que, mesmo depois de anos de vida em comum, essa impressão não tenha desaparecido. Saímos dali para um café de Montmartre, onde permanecemos até sermos escorraçados pelo velho garçom que nos servia. Ela falava sem parar, eu ouvia em absoluto êxtase. Contou-me quase toda a sua vida. Eu jamais havia saído com uma mulher como aquela, e também não entendia como uma mulher como aquela podia ter algum interesse em mim. No metrô, trocamos nossos números de telefone. Voltamos a nos encontrar dali a dois dias, em um bistrô próximo a meu apartamento. Ela apareceu vestida com um casaco de pele caríssimo. Fiquei muito impressionado e envergonhado: eu continuava a me vestir como um estudante desleixado. Durante o jantar, ela abordou com delicadeza a minha indumentária. Disse que, mesmo sendo um filósofo, preocupado com idéias e sistemas, eu precisava me vestir com mais apuro. "Inclusive porque seu lindo relógio não combina com essas roupas que você usa." Ela se referia a um relógio caro que minha tia tinha me dado como presente de formatura. Propôs, então, que fizéssemos compras juntos no dia seguinte. Como era uma oportunidade de encontrá-la, aceitei com entusiasmo.

Não parei mais de comprar roupas a partir de então. Até irmos embora de Paris (e lá nós moramos quatro anos juntos), renovávamos nossos guarda-roupas duas vezes por ano. Gastávamos fortunas com roupas, jantares em restaurantes da moda e móveis e objetos de decoração. Ela adorou meu apartamento (e ele era mesmo adorável), mas disse que precisava ser repaginado. "Repaginado" é outra das palavras que gosta de empregar. Repaginados eu e meu apartamento, fui apresentado a seus amigos. No grupo, havia dois franceses, uma italiana e um americano. Os três primeiros também estudavam gastronomia. O último era um financista que trabalhava numa grande corporação. Como esse americano a tratava com uma intimidade além do razoável entre simples amigos, ela viu-se obrigada a confessar que tivera um *affair* com ele. "Não se preocupe, não temos mais nada", tranqüilizou-me.

Passamos a morar juntos quatro meses depois de nos conhecermos. Não só por afinidade, mas por necessidade. Os hábitos caros, a escola de gastronomia e o aluguel exorbitante que ela pagava por um apartamento próximo ao Champs-Élysées consumiram boa parte da herança que ganhara de seus pais, mortos dois anos antes num acidente de avião. Fui eu a convidá-la a morar comigo. Como recompensa, tive uma das noites de sexo mais incríveis de toda a minha vida. Ela era ótima na cama. Desinibida, gostava de ser xingada e de ter os cabelos puxados. Eu não era grande coisa, mas ela fazia com que eu me sentisse o máximo... Como? Sim, a idéia do restaurante de *Futuro* foi inspirada na ligação da minha mulher com a gastronomia. Foi ela quem me introduziu na história da alimentação e me estimulou a ler alguns livros sobre o assunto. Você sabia que foi só a partir do início do século XIX que a bibliografia sobre comida perdeu o viés farmacêutico, para concentrar-se na questão do paladar? A palavra "gastronomia", aliás, surgiu nessa época. Uma das explicações para isso é que o paladar estava muito associado ao pecado da gula. Ou seja, não era um assunto que pudesse ser abordado sem culpa pelos autores. Havia até mesmo filósofos que consideravam o paladar, assim como o olfato, um sentido inferior, dado o seu grande grau de subjetividade. Segundo esses mesmos pensadores, a visão, o tato e a audição eram superiores porque levavam ao conhecimento objetivo da natureza. Como você pode perceber, o meu personagem — estou falando de Hemistíquio — subverte essa concepção filosófica, ao conferir ao paladar uma superioridade em relação aos outros sentidos.

A esta altura, para que você não forme uma imagem distorcida, é importante fazer uma observação: minha mulher apresentou-me à futilidade, mas também a um tipo de cultura que eu não conhecia. A cultura de superfície. Não estou falando de verniz, nem de um leque mais extenso de conhecimentos gerais. A cultura de superfície... como eu poderia explicar?... A cultura de superfície é a cultura de quem tem inteligência para aprofundar-se, mas é esperto o suficiente para não fazê-lo. Minha mulher conhece bem os livros clássicos, sabe diferenciar uma pintura boa de uma pintura ruim, discorre com desenvoltura sobre os diretores que viram no hermetismo uma chance de transformar o cinema em arte, porém... Porém ela jamais se deixou tomar pela angústia intelectual. É um ato voluntário o seu, e não uma manifestação de incapacidade. Não se trata de antiintelectualismo, porque ela sabe o quão importante é cultivar o espírito, visto que sempre o cultivou. Ao não se deixar tomar pela angústia intelectual, ela filtra do pensamento e da arte o que é lícito ou não transportar para a vida. Isso, a meu ver, chama-se sabedoria. Um certo tipo de sabedoria. Era o que a tornava, aos meus olhos, ainda mais desejável. Ela fazia o mesmo em relação às angústias da existência, propriamente ditas. A morte dos seus pais, por exemplo. Não gostava de relembrar o acidente, e também falava pouco deles. Quando eu tentava conversar sobre sua família, saía pela tangente, discorrendo sobre como era imprescindível esquecer para viver. Minha mulher extraiu essa lição da melhor tradição filosófica, diga-se. Em relação às minhas questões familiares, ela procurava fazer com que eu adotasse a mesma atitude — o esquecimento. Sua tática era atenuar as cores dramáticas com as quais eu pintava certas passagens da minha vida, para que, nesse processo de esmaecimento, essas cores terminassem por desaparecer. É verdade que, no meu caso, os fatos provaram que estava errada. Mas, ainda assim, minha mulher conseguiu sobreviver bem a tudo isso. Muito bem. Foi graças à sua maneira de ser.

Voltando à nossa história em Paris, depois que a conheci os meus gastos aumentaram tanto que despertaram a atenção de meu pai. Numa manhã, eu ainda estava deitado com minha mulher, quando ele telefonou. Fiquei trêmulo ao ouvir a sua voz, como se tivesse sido pego cometendo um crime — o crime de ser feliz. Sem perguntar se eu estava bem ou qualquer outra formalidade que o valha, ele foi logo dizendo que as minhas despesas andavam altas demais. Queria saber o motivo para a mudança do meu padrão de consumo. Como eu titubeasse, minha mulher pegou o fone. Apresentou-se de uma forma muito simpática — "Olá, eu sou a gastadora que levará o senhor à bancarrota" — e entabulou uma conversa em que, assim como fizera comigo na biblioteca, relatou sua vida, antecipou seus projetos e até comentou aspectos de sua personalidade. Também se descreveu fisicamente. Me espantou a sem-cerimônia com que ela conversava com meu pai. Pareciam amigos de longa data. O diálogo telefônico deve ter durado uma hora, e terminou com risadas. Ao final, meu pai pediu para falar comigo. "Muito simpática a sua mulher. Vale a pena gastar com ela. Quero conhecê-la. Mande-me uma foto." Disse isso e desligou. "Seu pai não pode ser esse monstro de insensibilidade que você pinta", ela comentou, enquanto se despia para entrar no banho.

Mandei uma foto da minha mulher para meu pai. Duas semanas mais tarde, recebi um substancial aumento de mesada. E uma mensagem: "Você, enfim, fez algo certo."

18

Eu não sabia o que pensar dessa empatia telefônica entre minha mulher e meu pai. Ora sentia-me irritado por ter feito algo que lhe agradava — estar ao lado de uma mulher que ele julgava simpática e bonita —, ora pensava que já estava mesmo na hora de colocar um ponto final nas brigas com ele — e minha mulher se apresentava como uma ótima candidata para promover a reaproximação familiar. Mas, não importava qual fosse o meu estado de ânimo, parecia-me estranho que ambos habitassem o mesmo planeta. Por mais que dependesse de meu pai, eu o havia apartado da minha vida em Paris. Explico: era como se minha existência fosse um arquivo com muitas gavetas. Havia a gaveta destinada à pasta "mãe", que eu gostaria que fosse bem maior, outra à pasta "pai", que eu gostaria que fosse ainda menor, outra à pasta "filosofia", outra à pasta "literatura", outra à pasta "amor" e assim por diante... Sim, eu compartimentava a minha vida além do recomendável, e, por isso mesmo, até então as pastas não se haviam misturado... Bem, você está certa, as pastas "mãe" e "pai" eram as mesmas... De certa forma, o fato de minha mulher e meu pai terem se dado tão bem, em seu contato inicial, mostrava-me isso: que a vida não pode ser compartimentada, que essa operação é ilusória. Mas isso não me agradava de jeito nenhum.

Não demorou muito para que meu pai resolvesse nos visitar em Paris. Minha mulher insistiu para que fôssemos recebê-lo já no aeroporto. Quando o vi sair da área de desembarque, todo o meu sentimento de inferioridade aflorou. Por mais que eu estivesse bem-vestido, jamais seria como meu pai. Como já disse a você, ele era um homem atraente. Mais alto do que eu, de compleição atlética, bronzeado — e com um sobretudo feito sob medida em um alfaiate de Nova York —, sua figura impressionou minha mulher. Ao estender a mão para cumprimentá-lo, ela franziu os olhos de leve, como a certificar-se de que meu pai era mesmo de carne e osso. Continuei a notar pequenas alterações em minha mulher, inclusive rubores repentinos, enquanto jantávamos com ele num dos restaurantes mais caros da cidade. Seus olhos brilharam, por exemplo, na hora em que ele, depois de verificar a carta de vinhos, fez observações sobre safras, regiões vinícolas e outras coisas do gênero. Meu pai era um poço de ignorância, mas enganava bem em assuntos que transmitem a idéia de refinamento, inclusive porque falava com fluência o inglês e o francês. Fiquei, é claro, irritado com o fato de minha mulher ter-se admirado com isso. Tentei desfazer de meu pai, comentando como os novos-ricos de nosso país gostavam de bancar os conhecedores de vinho em vez de tentar sanar a sua estupidez em assuntos importantes. Devo reconhecer que meu pai saiu-se bem dessa provocação. Quando o vinho foi servido, ele fez um brinde à tolerância, "o atributo da verdadeira inteligência". Minha mulher deu risada e comentou que, desde que nos conhecêramos, ela tentava ensinar-me algo sobre vinhos, mas que eu me recusava a aprender. "Como se conhecer vinhos pudesse agravar ainda mais a má consciência burguesa dele", observou.

Foi inevitável que eu tivesse um ataque de ciúme quando nos vimos a sós em nosso apartamento. Disse a minha mulher que, já que o achava tão adorável e refinado, ela podia dar para "meu velho" (essa expressão, que nunca saíra da minha boca, foi usada para rebaixá-lo). Como ela não respondesse nada, acrescentei que tudo estava acabado entre nós. Minha mulher, então, deixou cair o vestido de seda preto, aproximou-se de mim, enlaçou o meu pescoço e sussurrou que apenas achara agradável o "meu velho" (ela sabia que causaria um bom efeito usar a expressão), e que eu só estava me comportando daquele jeito porque a presença de meu pai reavivara o meu complexo. Terminou sua fala soprando no meu ouvido: "Quem dorme com a mamãe agora é você, meu amor." Fomos para a cama aos beijos. Você pode imaginar como foi alucinante aquela noite... Não, você não pode.

Meu pai permaneceu em Paris por vinte dias, mais ou menos. Consegui não ser desagradável durante todo esse tempo. Afinal de contas, era eu, agora, que dormia com a mamãe. Essa frase teve um efeito pacificador sobre mim — e minha mulher não cansava de repeti-la toda vez que chegávamos em casa à noite, depois de deixarmos meu pai no hotel. Como isso também a excitava, aquele foi um dos períodos mais quentes que tivemos. Tanto que não me importava muito deixar minha mulher e meu pai flanarem pela cidade sem a minha companhia. Usava como pretexto o fato de ele ter chegado no período em que eu, sempre displicente em relação à universidade, concentrara a confecção de trabalhos e relatórios. Atarefado como estava (ou como queria fazer crer), quase sempre eu os encontrava já no restaurante escolhido para o jantar. É claro que sentia ciúmes quando via que os dois haviam tido um dia perfeito, entre uma ida a uma exposição e uma sessão de compras na place Vendôme. Era como se o meu pai estivesse tendo a chance de roubar o meu cotidiano prazeroso ao lado dela. Mas eu logo repelia o ciúme com a idéia de que havia ali uma ótima relação custo-benefício: eu não tinha de ver o meu pai durante a maior parte do tempo e, para compensar-me de todas as horas em que ela ficava com ele, minha mulher desdobrava-se nas artes do amor.

Em nosso último jantar, meu pai, em sinal de agradecimento por toda a atenção que ela lhe dispensara, presenteou-a com um anel de brilhantes. "Você me faz feliz ao fazer meu filho feliz", ele disse. Os olhos dela ficaram marejados. E, preciso confessar, os meus também.

19

Meu pai ainda voltaria a Paris mais duas vezes. Não nos tornamos mais próximos, mas uma certa cordialidade instalou-se entre nós, por obra de minha mulher. Ela esmerava-se em atenções para com ele, o que incluía servir de anteparo para as minhas eventuais agressões, e vice-versa. Em troca, meu pai nos enchia cada vez mais de dinheiro. Cheguei a pensar, imagine só, que essa era a forma que ele encontrara de manifestar carinho. Bem, não se pode dizer que não era... Se eu poderia descrever meu pai como uma pessoa carente? Jamais pensei a respeito. Como já devo ter dito, ele vivia cercado de mulheres. Todas belas, todas fascinadas com a sua beleza, todas de olho no seu dinheiro. Algumas chegaram a freqüentar a nossa casa, o que lhes deve ter dado a esperança de que conseguiriam fisgar o bom partido. Mas, assim como fazia com as empregadas, ele se livrava das namoradas logo que percebia que elas estavam se tornando íntimas demais. Acho que o namoro mais longo do meu pai não deve ter ultrapassado muito os seis meses... Se acho que meu pai usava as mulheres? Não creio que você deva ter pensado o suficiente antes de formular essa pergunta. O que é usar uma mulher? Em geral, quando se fala que beltrano usou sicrana é para criticá-lo porque ele não a usou para todo o sempre ou, pelo menos, por anos a fio. Sim, porque é uma questão apenas temporal, essa, de usar uma mulher... O que estou querendo dizer é que, quando uma mulher se sente usada, é porque, no final das contas, ela sente que não foi usada de maneira suficiente. Ou seja, não faz o menor sentido.

Vou tentar ir adiante a partir dessa pergunta mal colocada. Digamos que meu pai gostava da companhia feminina até certo ponto. Creio que, durante o curto período em que permanecia ligado a uma mulher, ele a amava. Mas esse amor logo se extinguia, em especial por causa do receio de casar-se de novo e, assim, perder a sua liberdade... A liberdade de ter outras mulheres, você diz. Pode ser, mas gostaria que você tentasse abdicar por um instante dos pontos de vista femininos estabelecidos pela longa história de ressentimentos em relação aos homens. Quando disse que meu pai não se ligava a uma mulher por medo de perder a liberdade, tinha em mente algo bem mais prosaico: a liberdade de ir e vir, sem dar satisfações. Ir até a esquina ou até Moscou. Há uma tendência nas mulheres, que pode ser mais acentuada ou não, de controlar todos os passos de seus parceiros. Isso torna o cotidiano masculino irrespirável. Essa talvez seja a razão que leva os homens a se tornar ainda mais mentirosos e dissimulados. Há sujeitos que mentem não para fornicar, mas apenas para inspirar um pouco de ar na rua. Li há muitos anos uma explicação biológica para o fenômeno. Trata-se de um atavismo das mulheres exercer tamanho controle sobre os homens que julgam seus. Em tempos imemoriais, elas o faziam por medo de perder seus reprodutores/provedores para outras mulheres. Essa perda, quando se estava em idade fértil ou se tinha uma prole para alimentar, as colocava numa situação de risco social e natural. O dado biológico entranhado nas mulheres modernas explicaria também por que, à medida que envelhecem, as mulheres tendem a deixar seus parceiros mais livres. A caminho da infertilidade e sem prole para criar, elas não precisariam mais de um reprodutor/provedor... Você não conhecia esse meu lado misógino? Nem eu... Você também não esperava que saíssem da minha boca tantos clichês? Ora, minha querida, quantas vezes somos surpreendidos pelo que dizemos, e quantas vezes o que nos parece inteligente em pensamento soa frívolo em voz alta? Mas, de qualquer forma, não se pode subestimar o alcance dos clichês. A esmagadora maioria das pessoas os vive como a realidade mais absoluta — o que, é evidente, não os transforma em verdade transcendental. Sabe o que me ocorre agora? Que os clichês nos quais as pessoas se aprisionam são uma das manifestações do Mal. É uma forma de evitar que os que neles se enredam possam aspirar a elevar minimamente seu espírito — e entender, entre outras coisas, que o próprio Mal faz parte de um desígnio superior. O que eu quero dizer é que o clichê seria uma das vestes preferidas do que se convencionou chamar de demônio. O anjo caído que tem a pretensão de ser reconhecido como o Mal, mas é apenas um pedaço dele. Gostaria de poder desenvolver esse ponto.

Interessante essa sua observação: ao tentar entender as razões que levavam o meu pai a abandonar suas namoradas, eu lancei um olhar amoroso sobre ele. Bem, foi uma das razões que me levaram a matá-lo. Para conseguir amá-lo.

Passados quase três anos de vida conjugal em Paris, também comecei a me sentir asfixiado pela minha mulher. Ela continuava adorável, mas o fato de ter o meu cotidiano ditado pelo ritmo dela já não me causava tanto prazer. Foi com certa alegria, portanto, que recebi a notícia de que ela passaria um mês aqui, em nosso país. A viagem me foi comunicada uma semana antes de sua partida, e me pegou de surpresa. Minha mulher disse que precisava resolver pendências relativas a uma segunda herança que recebera — dessa vez de um tio homossexual, que morrera solteiro e deixara alguns bens para sua única sobrinha.

Sozinho, voltei a procurar minha tia, que se afastara de mim depois que conhecera minha mulher. A antipatia recíproca que ambas nutriam havia se instalado desde o primeiro encontro. Nós ainda jantamos juntos — eu, minha mulher, minha tia e seu marido — mais duas ou três vezes, mas isso só serviu para acirrar as diferenças entre as duas. Em resumo, minha tia achava a nossa união precipitada. Quanto à minha mulher, ela foi bastante inteligente para perceber logo que minha tia lhe fazia reservas.

O fato de minha tia não gostar de minha mulher me deixava aborrecido, mas não impedia que eu continuasse a tê-la em alta conta. Tanto que lhe telefonei uma semana depois de minha mulher ter viajado. Combinamos jantar juntos na noite seguinte, em um bistrô elegante. Quando cheguei ao restaurante, eles já estavam lá. Ambos mostravam-se bastante nervosos, como se tivessem sido interrompidos numa discussão. Os indícios eram claros: minha tia estava trêmula; ele, suado a ponto de pedir licença e ir ao toalete. Antes de se levantar, o marido de minha tia ainda a fuzilou com o olhar. Na ausência dele, aproveitei para perguntar o que havia acontecido, mas ela se limitou a dizer que não era nada sério, apenas uma briguinha de casal como tantas outras. A princípio, acreditei que era só isso mesmo, uma briguinha — mas como a tensão não diminuía, por mais que eu tentasse desanuviar o ambiente, passei a achar que algo mais sério havia ocorrido. Impressão confirmada pela forma estranha com que minha tia se despediu de mim, já na rua. Ela fazia um grande esforço para não chorar, e me deu um beijo e um abraço mais ternos do que a situação comportava. Enquanto me abraçava, ela murmurou no meu ouvido, como se estivesse confidenciando um segredo: "Não importa o que aconteça, lembre-se de que estarei sempre a seu lado." Foi a última vez que a vi. Dois meses mais tarde, ela e seu marido mudaram-se para Milão, onde ele viria a morrer.

20

Não dei maior importância àquela frase de minha tia. A caminho de casa, ao pensar nas circunstâncias do jantar, creditei tudo a um simples desequilíbrio emocional. Minha tia e seu marido sem dúvida enfrentavam as angústias da meia-idade, e, nessa época, mesmo os casamentos mais felizes podem sofrer abalos. Era provável que ela estivesse se perguntando se de fato gostaria de passar o final de seus dias ao lado daquele homem, e vice-versa. Eu até podia imaginar as aflições de minha tia. Seu marido proporcionara, e continuava proporcionando, uma vida de sonhos do ponto de vista material. Também era um sujeito bastante refinado intelectualmente, e sempre apoiara as investidas artísticas da mulher, bancando exposições em galerias prestigiadas e mostrando-se orgulhoso das gravuras dela. No entanto, pelo que pude observar, faltava-lhes a verdadeira intimidade, apesar de tantos anos de união. Era difícil acreditar que um soubesse o que ia pela cabeça do outro, dado o grau de formalidade com que se tratavam. Não sei se esse é um julgamento apressado, e também não sei se um homem e uma mulher, por mais que se amem, podem ser transparentes um em relação ao outro. Talvez pensar que isso seja possível não passe de uma fantasia romântica, talvez eu esteja impregnado pela minha própria história, na qual essa transparência nunca existiu — o fato é que minha tia e seu marido sempre se comportaram, a meus olhos, como dois estranhos que se vêem na contingência de ficar na mesma cabine de um navio e, apesar de se descobrirem semelhantes em muitos aspectos, procuram manter a privacidade individual a todo custo, esperando que a viagem termine logo. Tanto que nunca tiveram filhos, embora ambos demonstrassem gostar de crianças. Quando soube que eles se mudariam para Milão, a essas impressões todas acrescentei uma certeza: minha tia estava desgostosa com o fato de ter de deixar Paris. A frase "Não importa o que aconteça, lembre-se de que estarei sempre a seu lado" era de alguém que estava prestes a partir e não extraía nenhuma felicidade disso.

Não é engraçado como podemos montar castelos de cartas com a lógica?

Passados quinze dias, a solidão já me incomodava. Não sentia saudade, mas falta dela. Vou tentar explicar a diferença entre uma coisa e outra. Saudade é um sentimento cujo combustível é o afeto, o amor, a amizade. Já a falta, pura e simples, pode ser alimentada por sentimentos que não são necessariamente amáveis. Por exemplo, a falta que o torturador sente de torturar, ou o contrário: a falta que o torturado sente do torturador. Não que minha mulher me torturasse, longe disso. Porém eu havia me acostumado a servi-la — a servidão voluntária de que fala La Boétie... Como? Não ouvi direito, repita, por favor Se eu, no papel de torturado na relação com meu pai, sentia falta do meu torturador? Você tocou num ponto sobre o qual já refleti inúmeras vezes, sem chegar a uma conclusão definitiva. Eu me afastava de meu pai porque não tolerava a sua proximidade, e ele, por seu turno, fazia o mesmo. Mas talvez possa dizer que o nosso ódio mútuo era tão grande que eu não precisava estar na sua presença para me sentir torturado, e ele não precisava me ter à sua frente para me torturar. O dinheiro que ele me dava, por exemplo, era um instrumento de tortura bastante eficaz, mesmo a dez mil quilômetros de distância, visto que eu sabia que a soma, na sua contabilidade mental, era considerada a fundo perdido. Bastava saber que existíamos para que esse ódio, assim como tudo que resultava dele, sobrevivesse... Você está certa, nos alimentávamos dele... Está bem, pergunte, prometo não ficar irritado... Se, na relação com meu pai, em algum momento as posições se inverteram, e eu me tornei o torturador? Quando criança, já falei disso, eu tentava humilhá-lo na frente de minha mãe, fazendo-me de sabichão — creio que essa era uma forma de tortura, você não... Você quer saber se, depois disso, eu o torturei ou tentei torturá-lo de alguma outra forma? Eu o matei. É suficiente para você?

Acho melhor encerrarmos esta sessão.

21

Sua pergunta não saiu da minha cabeça. Eu a sabia perspicaz, mas nem tanto. Sinto-me encurralado por você — mas agradavelmente encurralado, porque me faltava essa confissão. Não sei se tortura é o termo exato para definir o que fiz com meu pai no final da adolescência. Digamos que eu o atormentei bastante — e que tive muito prazer em fazer isso.

Você se lembra do episódio em que meu pai levou-me a um prostíbulo de luxo, não lembra? Pois bem, preocupado com a possibilidade de eu ser homossexual — ou melhor, preocupado com a possibilidade de ter um filho homossexual —, ele decidiu que eu deveria ir a uma psicóloga. A sugestão cretina partiu de uma namorada sua, que viu nisso uma chance de aprofundar seus laços com meu pai. Não deu em nada, é claro. Digo, a tentativa dessa namorada de fisgá-lo. Ele não demorou a chutá-la. Já a minha ida à psicóloga rendeu um mês de desespero ao meu pai.

Ele anunciou que havia marcado um horário para mim. Ao ouvir que eu não iria, ameaçou cortar minha mesada. Eu fui. A tal psicóloga era uma mocinha na faixa dos 25, 26 anos. Adivinhei sua inexperiência pela forma titubeante com que me dirigia perguntas. Na verdade, como vim a saber depois, essa psicóloga se formara havia pouco tempo e era amiga de escola da namorada de meu pai. Um currículo bem pouco recomendável. Acrescente-se ainda que eu, quase dez anos mais moço do que ela, parecia vinte anos mais velho, talvez por causa de minhas leituras e do embate permanente com meu pai. O quadro era perfeito para uma vingança. E eu me vinguei, com a ajuda de um manual escrito por uma psicóloga de jovens, indicação do meu livreiro.

Segui o *script* com uma disciplina de ator inglês. A princípio, banquei o arredio, como qualquer adolescente problemático que se vê confrontado com um psicólogo. Depois, comecei a alternar momentos de silêncio com falas curtas, em que resumi a história da minha infância e da morte de minha mãe. Lá pela quarta semana, entremeei minhas falas com crises de choro. Eu, na verdade, não chorava. Colocava as mãos sobre o rosto e fazia voz de choro. Para deixar meus olhos vermelhos, esfregava-os bastante, antes de voltar a encarar a psicóloga. Ela, seguindo o que aprendera na faculdade, evitava perguntar o motivo do meu choro. Esse era um ponto que deveria ser garimpado por ela, em meio ao que seriam destroços da minha memória remota, como também preconizava o manual que eu seguia à risca, no capítulo dedicado à maneira como certos pacientes encobrem seus traumas. Esses manuais são mesmo bem úteis.

Pois bem, depois de um mês de sessões, a jovem psicóloga já estava suficientemente cativada por aquele que parecia ser o seu primeiro grande caso. E que caso ela teria nas mãos! Numa sessão muito pungente, em que eu próprio quase cheguei a lágrimas verdadeiras, comecei a falar de um monstro que aparecia no meu quarto, quando eu era criança, e se deitava ao meu lado. De como eu, paralisado pelo terror, não conseguia evitar que ele me tocasse e mordesse. Você já percebeu aonde eu queria chegar, é claro. Na sessão seguinte, deixei o tal monstro de lado, apesar de ela demonstrar bastante ansiedade para que eu voltasse ao assunto. Fugir do núcleo do trauma, como aprendi no manual, era algo comum aos pacientes — e eu fazia questão de ser um paciente exemplar. Tornei a falar do monstro dali a umas quatro sessões, acrescentando alguns detalhes sórdidos: por exemplo, de como ele me acariciava e, ao fazer isso, gemia no meu ouvido. Não foi preciso muito para que, depois de pouco mais de dois meses de sessões, a psicóloga ficasse desconfiada de que eu fora seviciado sexualmente na infância. E, muito provavelmente, por meu pai.

Devo dizer que ela era bem limitada... Não, ela não revelou suas conclusões a mim. Quem as revelou foi meu próprio pai, o que para mim só aumentou o sabor da minha vingança. O desdobramento foi assim: em primeiro lugar, ele foi chamado pela moça, para uma entrevista a sós. Ela começou a conversa perguntando-lhe se eu havia sido uma criança fantasiosa. Meu pai, é claro, não soube responder. Depois, ela quis saber se, durante a minha infância, morava um outro homem conosco: um tio, um empregado. Meu pai respondeu que não. Que depois da morte da minha mãe ele contratara um motorista, mas que só recentemente ele havia passado a morar numa edícula que existia nos fundos de nossa casa. Ela também perguntou sobre os sentimentos que meu pai nutria em relação a mim. Se, em algum momento, por exemplo, desejara que eu não tivesse nascido, coisas assim. Meu pai deve ter-se enrolado muito nessa parte. A psicóloga disse-lhe, por fim, que era necessária uma outra entrevista com ele. Questionada sobre a razão disso tudo, ela se limitou a afirmar que não poderia explicar nada naquele momento. Quando voltou para a segunda entrevista, meu pai deparou também com a supervisora da psicóloga, que eu conhecera duas semanas antes, numa sessão bastante dura. Era uma senhora de quase sessenta anos, de ar respeitável e intimidante. Ela colocou-se na posição de advogada do diabo, questionando tudo o que eu dizia, mas eu já estava tão imbuído do meu papel de criança abusada que minha performance seria capaz de convencer todos os integrantes da Sociedade Psicanalítica de Viena, nos tempos de Freud. Foi na entrevista com ela, que durou perto de duas horas, que meu pai foi informado de que eram fortes as evidências de que eu havia sido molestado por ele quando criança, daí o meu comportamento arredio e pouco afetuoso em relação ao pai — pouco afeto, aliás, que era recíproco, como notaram a supervisora e a minha psicóloga pelos comentários dele a meu respeito. E isso, concluíram as duas, poderia ser considerado outra prova de que algo muito grave fraturara a nossa relação. Meu pai ainda tentou dizer que aquilo era uma maluquice. Que, se fosse culpado de uma coisa dessas, nunca me haveria encaminhado a um tratamento psicológico, e justo por achar que eu tinha problemas com a minha sexualidade. Ambas permaneceram irremovíveis em sua convicção. Talvez esse argumento tivesse funcionado um mês antes — mas, àquela altura, havia indícios demais de que existia algo muito estranho entre mim e meu pai. Sabe qual foi a resposta da supervisora à argumentação de meu pai? "Está certo que é estranho o fato de o senhor ter tido a iniciativa de procurar tratamento psicológico para seu filho. Mas, assim como são aparentemente insondáveis as razões que levam um criminoso a voltar ao local em que cometeu o crime, são inexplicáveis só na superfície os motivos que o moveram a encaminhar o seu garoto ao consultório de minha colega. Estou falando de seu inconsciente, meu senhor."

Quando ele me relatou aos gritos o que se passara no consultório da psicóloga, eu tive de fazer muita força para não rir. Inclusive porque a expressão da sua namorada, presente à cena, era de choque. Especialista em tortura psicológica, ele experimentava do próprio veneno. Eu havia sido atormentado com a história de ter sido adotado; agora era a vez de ele ficar desesperado. Meu pai iria ver quem era o frouxo... O que respondi? Que havia relatado às psicólogas sentimentos e medos da minha infância, e que eu não tinha culpa se a amiga da namorada dele (nesse momento, lancei um olhar de desprezo para a moça) chegara àquela suposição. "O mais engraçado é que você me mandou para a psicóloga porque achava que eu era viado. E o viado, agora, é você — um viado que gostava de comer o próprio filho", disse, sem conseguir esconder um sorriso de escárnio. Ao ouvir essa frase, meu pai avançou sobre mim. Dei um pulo para trás, enquanto sua namorada tentava detê-lo. "Não faça isso, você só vai piorar as coisas", ela dizia. Consegui fugir para o meu quarto, e tranquei-me lá, às gargalhadas. Eu estava vingado.

Como acabou a história? Semanas depois dessa cena, a namorada do meu pai apareceu lá em casa, sozinha, e pediu para conversar comigo no meu quarto. Disse que, como eu só fazia acrescentar detalhes escabrosos à lembrança do monstro que aparecia no meu quarto para me bolinar, a sua amiga psicóloga e a supervisora dela estavam pensando em entrar em contato com um juiz de menores, visto que o caso ultrapassava o campo de atuação delas. Era provável, ela explicou, que fosse instaurado um processo que acabaria por retirar do meu pai a guarda sobre mim. Além disso, ele decerto seria alvo de uma ação criminal e poderia até ser preso. "Você vai destruir seu pai. Por isso, pense bem no que está fazendo. Se isso ajuda, saiba que ele não sabe que eu estou aqui, e nem sugeriu que eu conversasse com você. A iniciativa é minha", concluiu ela.

A namorada do meu pai era uma morena de 24 anos, mais ou menos, muito atraente. Eu já havia me masturbado algumas vezes pensando nela, em especial nos seus peitos, com os bicos sempre túrgidos, já que nunca usava sutiã. Ao vê-la ali no meu quarto, suplicando para que eu salvasse a pele do meu pai, não resisti à tentação de dar um grande final à minha vingança. Disse que negaria a história do monstro às psicólogas, se ela topasse fazer sexo comigo. Eu esperava a reação de uma mulher ofendida, mas ela me surpreendeu. Trancou a porta do quarto e, em seguida, tirou a blusa, a calça *jeans* e a sandália de salto alto. Vestindo apenas a calcinha, deitou-se na cama. "Vem", disse. E eu fui.

O viado, o anormal, o doente havia perdido a virgindade com a namorada do pai, depois de sujar a honra dele. Uma belíssima vingança, você há de concordar... Não, ele nunca soube desse episódio com a namorada. Morreu achando que eu negara tudo às psicólogas por questão de consciência. Pelo menos, é o que eu acho. Às vezes, tenho a impressão de que foi meu pai quem mandou a namorada falar comigo, e que ele sabia, sim, que a moça havia feito sexo comigo. Talvez se eu não tivesse feito a proposta, ela própria a teria feito, por cálculo do meu pai. O que me leva a pensar desse jeito? Ela não pareceu surpresa com a minha ousadia, e logo depois que neguei tudo às psicólogas, justificando a coisa toda como uma brincadeira, ela surgiu com um carrão, presente do meu pai. Só que meu pai não era de dar presentes caros às suas namoradas. O que você acha?... Não acha nada, sei. Esqueci que você só pode ter opiniões quando elas lhe interessam diretamente... A prostituta maluca com quem eu teria perdido a virgindade? Ela existiu, mas foi a segunda mulher da minha vida.

22

Como? Você vai encerrar as nossas sessões, se eu não admitir... Está bem, admito: tudo o que relatei na sessão passada foi inventado. Eu não fui a psicóloga nenhuma, e muito menos acusei meu pai de ter-me seviciado. Também não fiz sexo com nenhuma namorada dele. Como desconfiou da mentira?... Você está certa: um conflito dessas proporções não estaria de acordo com a fraqueza que sempre demonstrei diante de meu pai, em especial depois da morte de minha mãe... Pode falar... Se eu o tivesse enfrentado na adolescência, mesmo que por meio do vilipêndio, dificilmente a nossa história — minha e de meu pai — teria seguido um rumo funesto. Sei...

Desculpe, eu só queria... A verdade é que tudo o que relatei, se não se deu de forma objetiva, ocorreu de maneira subjetiva. Meu pai apenas disse que me levaria a uma psicóloga — mas ele logo abandonou a idéia. Fazê-lo seria demonstrar alguma preocupação comigo. Mas, depois que ele cogitou encaminhar-me a um consultório, imaginei vingar-me da forma que contei a você... A namorada, você está interessada na namorada... Sim, existiu. Eu a desejava, bem como desejei outras namoradas de meu pai. Eram moças bem jovens e bonitas. Provocantes na maneira de vestir-se e também de desvestir-se. Havia uma piscina em nossa casa, como já disse, e elas viviam desfilando de biquíni pelo jardim. Essa morena, em especial, me deixava louco. Ela me pedia de vez em quando para passar creme nas costas dela... Era fazer isso e correr para o meu quarto, tentando disfarçar a ereção, que continuava mesmo depois de eu me masturbar. Depois que meu pai a chutou, até pensei em procurá-la, para declarar a minha paixão. Fantasiava consolá-la em meus braços, enquanto beijava o seu pescoço, a sua boca, os seus peitos... Sabe, uma das lembranças da minha adolescência são os momentos que passei à porta do quarto do meu pai, ele e uma namorada lá dentro, tentando ouvir algum ruído que indicasse que ambos estavam fazendo sexo. Um gemido, um sussurro, um grito abafado, qualquer coisa. Mas nunca ouvi nada, acho eu, embora minha memória vez por outra sugira que tenha ouvido... Pergunte... Qual é a primeira imagem que me vem à cabeça quando penso em meu pai fazendo sexo com uma namorada?... Uma cena de sodomia, talvez... A de um homem com um falo enorme que rasga a mulher que ousou oferecer-se a ele... Era o tipo de coisa que queria escutar, não era? Conheço vocês. Mas chega. Não quero saber de interpretações. Faça-as longe de mim, e sem a minha colaboração. De que elas servem, meu Deus? Aceitei contar a minha história sobretudo para organizá-la para mim mesmo, e é só. Você, aqui, não passa de coadjuvante, está entendendo? Por isso, não tente ser protagonista por meio de suas interpretações.

Quer que eu continue? Está bem. Mas evitemos os desvios, porque estamos próximos do desenlace.

Minha mulher voltou a Paris, depois de um mês de ausência. O nosso reencontro foi marcado por uma certa frieza. Não que não tivesse havido beijos e abraços, mas era como se nós estivéssemos cumprindo um ritual previsto por um hipotético protocolo. Ainda no aeroporto, ela justificou outra vez sua demora, contando-me que, graças ao tempo que tivera, fora possível acertar todos os pontos com os advogados que cuidavam da herança de seu tio, e que até mesmo já havia entrado um bom dinheiro na sua conta bancária por causa desses acertos. Ao longo da semana seguinte, fomos retomando nossa vida parisiense. A alegria que a cidade costumava proporcionar, contudo, já não existia mais. Tudo perdera a graça. Minha mulher já havia terminado seu curso de culinária, e eu estava prestes a terminar a minha pós-graduação, sem nenhuma distinção. Depois que acabei, viajamos um pouco pela Europa, vagamos por alguns países do Sudeste Asiático, em busca de algum exotismo, e retornamos a Paris. Ficamos mais um ano nesse limbo, adiando uma decisão que já sabíamos tomada: voltar para cá, para o nosso país.

Por que voltamos? Está aí uma pergunta difícil. Acho que, quando falta um sentido para ficar longe, somos obrigados a nos contentar com a falta de sentido em ficar perto de nossas raízes. Este é, creio eu, um impulso comum a todos que passam pela experiência de um retorno inexplicável. Estou falando por mim, não por minha mulher. Mas sabe de uma coisa? Talvez ela também estivesse à procura de um sentido maior nessa volta ao país, para além de uma outra razão que a fizera insistir bastante para que retornássemos. Conto mais adiante.

O fato é que voltamos. Os primeiros meses foram passados num apartamento alugado, enquanto reformávamos e decorávamos a casa que meu pai havia nos dado de presente, em um bairro vizinho ao dele. Minha mulher, como era de se esperar, esmerou-se em cada detalhe, com a ajuda de uma arquiteta e decoradora que embolsou uma fortuna com as comissões ganhas com a compra de materiais, móveis e acessórios. O resultado, é claro, ficou bastante bom. Combinava toque pessoal e design na medida certa. Casa pronta, fui surpreendido com um pedido de minha mulher: ela desejava casar-se no papel. Havia nisso um anseio pelo reconhecimento social, pela necessidade de entrar pela porta da frente no mundo dos ricos e poderosos que eram o hábitat de minha família — quero dizer, de meu pai. Minha mulher estava fascinada com a rede de amizades e contatos que meu pai lhe proporcionava. Eu era arrastado para festas e jantares todas as noites, e sempre ficava impressionado com a desenvoltura com que ela se comportava nessas ocasiões. Está certo que minha mulher jamais havia demonstrado timidez, mas sua maneira de ser era fonte de um contínuo espanto para mim.

Eu gostava e não gostava disso. Vou tentar explicar: eu gostava porque uma mulher como a minha podia ser considerada a prova cabal de que eu não era um sujeito esquisito como queria fazer crer meu pai. Se havia sido capaz de seduzi-la, era porque eu era um homem interessante. Mas, ao mesmo tempo, eu não gostava porque expor-me dessa forma poderia deixar claro que, ao contrário do que indicava a conquista daquela mulher, eu não era mesmo um homem tão interessante e talvez fosse até esquisito.

Nosso casamento foi um acontecimento. Cerca de mil convidados, jantar suntuoso, fotografias nas colunas sociais. Meu pai gastou um dinheiro incrível nessa demonstração de poder e prestígio que devia à sociedade. Minha mulher estava deslumbrante em seu vestido de noiva. Quando entrou na igreja, acompanhada de meu pai, especialmente belo naquela noite, um murmúrio de admiração percorreu a platéia. Até eu mesmo fiquei admirado... Como eu me sentia com o casamento? Anestesiado. Participei de tudo aquilo como se nada dissesse respeito a mim. Não que eu não amasse a minha mulher, mas, naquele momento, eu era um homem oco, sem nada por dentro. Não tinha emoção boa ou má, repertório intelectual, nada. Movimentava-me como um autômato, respondia aos estímulos externos com um mínimo de dispêndio de energia — inclusive porque energia não existia. Essa sensação prolongou-se pela lua-de-mel, embora eu tivesse feito muita força para fingir que estava feliz. Fomos para uma ilha paradisíaca, e eu passava horas olhando o mar. O mar do qual fora resgatado por meu pai e no qual, agora, eu imaginava dissolver-me. Não era um desejo de morte, porque até para isso é preciso ter desejo. Eu só pensava em ser levado pela água, como uma criança indefesa. Indefesa — e sem mãe. Nunca pensei tanto em minha mãe como na minha lua-de-mel. Nunca senti tanta falta de minha mãe como na minha lua-de-mel. É curioso que, no instante em que um homem deva mostrar-se mais homem, eu tenha me tornado tão criança. Eu chorava escondido, e essas lágrimas eram tão mais amargas porque estava cada vez mais difícil lembrar dos contornos do seu rosto, do timbre da sua voz.

Minha mulher estava muito ocupada com ela própria, para preocupar-se comigo. Ela nem mesmo se incomodou com o fato de não fazermos sexo em uma ocasião criada para isso. Na verdade, penso até que se sentiu aliviada, visto que o sexo entre nós já não era (ou talvez nunca tenha sido) grande coisa para ela. Pode soar paradoxal, mas a nossa lua-de-mel foi o instante em que ocorreu de forma explícita a nossa separação emocional. Nós começávamos, ali, um casamento de conveniência — muito mais para ela do que para mim.

23

Vivemos outros quatro anos tentando esquecer que havíamos nos obrigado a ter um ao outro. Era tudo muito esquizofrênico: minha mulher circulava pelas altas rodas, cada vez mais esfuziante, ao passo que eu dava aulas num curso noturno, para uns coitados que dormiam durante as minhas explanações, cansados que estavam do dia de merda que haviam tido. Eu pelo menos tinha uma boa desculpa para não acompanhá-la em todos os jantares e reuniões sociais a que ela comparecia. O que mais me irritava nisso era ter de ficar na companhia daqueles mesmos idiotas que, na adolescência, eram vistos como modelos de comportamento por meu pai. Eles não haviam se desviado um metro que fosse de sua trajetória rumo à tolice absoluta. A única diferença era que, agora, eles fumavam charutos, emplastravam o cabelo com gel e dormiam com putas mais caras, sob as vistas grossas de suas mulheres igualmente fúteis.

Continuava a não ter amigos (e, a esta altura, nunca os terei). Tal como costuma ocorrer com professores, eu poderia ter estabelecido um laço mais afetuoso com meus alunos. Até tentei, mas eles eram tão sem vida interior quanto os ricos que minha mulher adorava freqüentar. É impressionante como a riqueza e a pobreza, por caminhos contrários, podem ter o mesmo efeito de esvaziar as pessoas. O único ser humano com quem eu tinha algum prazer em estar era o motorista de meu pai — aquele que, quando eu era criança, tantas vezes me socorrera e me fizera companhia.

Ele era um pobre diferente da maioria, e por esse motivo eu gostava tanto dele. Não era autocomplacente, nem reclamava das condições em que lhe era dado viver. Com isso não quero dizer que era um conformista. Ele era realista. Sabia avaliar as situações, para delas extrair o benefício possível ou recuar se esse fosse o caso. Também não tinha paciência para suportar as lamúrias dos outros empregados. Quando ouvia reclamações sobre falta de dinheiro, sempre dava um jeito de perguntar: "Muito bem, mas o que você fez para tentar ganhar mais?" Acredito que teria sido um executivo frio, se lhe tivesse sido dada a oportunidade. Certa vez lhe perguntei por que não avançava nos estudos, que deixara inconclusos. Sua resposta foi surpreendente: "A relação custo-benefício não é boa. Para cobrir os gastos que teria com supletivos e um curso superior de meia-tigela, eu teria de trabalhar pelo menos oito anos num emprego que me pagasse seis vezes o que ganho no momento. Mas, com um supletivo e uma faculdade vagabunda, eu jamais conseguiria um emprego assim." Era impressionante que um homem do povo fosse tão lúcido a ponto de não cair na conversa fiada de que era preciso estudar para melhorar de vida, em um país como o nosso. Eu admirava essa maneira de ele ser, e extraía vantagens disso. Quando eu era criança e tinha minhas tonturas, esse motorista sempre estava ali, para tentar fazer com que eu visse a realidade sem a névoa do desespero... Não, ele não teria sido um bom analista. Vocês, muitas vezes, só fazem adensar essa névoa.

Meu pai gostava muito dele — inclusive porque podia deixar a seu cargo todo o meu cotidiano. Gostava tanto que o convidou a morar conosco, juntamente com sua mulher. Ela passou a fazer as vezes de governanta e, nesse posto, conseguiu interromper o rodízio de empregadas. Formou uma equipe confiável, prestativa e, principalmente, silenciosa. Parafraseando um mordomo do cinema, elas aprenderam a viver como se não existissem. Eu não simpatizava com a mulher de nosso motorista — adivinhara nela, desde o primeiro instante, o ressentimento contra os ricos. De qualquer forma, esse era um desprazer que não tinha maior impacto no meu dia-a-dia, já que tanto eu como ela evitávamos conversas além do necessário. Quando precisava comunicar-se comigo, para dar algum recado ou algo assim, ela preferia usar bilhetes. Acho mesmo que tinha orgulho de sua letra redondinha e de seu português correto. Ao contrário do marido, ela conseguira completar o nível médio. Era proveniente de uma família de imigrantes italianos que se fixara no interior — pequenos comerciantes que, numa fase ruim da economia, haviam perdido o pouco que conseguiram. Apaixonada pelo marido e sem perspectiva de arrumar um bom emprego, ela concordara em fugir com ele para a capital. Uma história de uma banalidade que eu diria clássica.

Nosso motorista também era valioso para meu pai porque o ajudava a livrar-se de aborrecimentos pessoais que nada tinham a ver comigo. Discreto, ele jamais se estendeu sobre os serviços especiais, digamos assim, que prestava a meu pai. Mas, pelo pouco que me fora relatado, eu pude deduzir quais eram eles. Um exemplo: meu pai o encarregava de levar vultosas somas a escroques especializados em fazer remessas ilegais ao exterior. Outra situação em que se mostrava útil: quando se tornava necessário dissuadir uma mulher de continuar a procurar meu pai, depois que ele a dispensava.

Você talvez ache estranho eu apreciar uma pessoa que se prestava a fazer esses serviços. Mas é preciso levar em conta que já havíamos criado um vínculo antes de eu saber quais eram as suas outras tarefas — e as sentenças dos julgamentos morais tendem a ser muito mais brandas quando vêm precedidas por laços afetivos. Em geral, esse é um erro que gostamos de cometer, como se confirmasse a nossa humanidade. Eu diria até que os laços afetivos criados *a posteriori* também servem para diluir opiniões negativas. Você, por exemplo, talvez não me julgue mais de forma tão severa como antes de ter me conhecido... Não temos um laço afetivo? Tendo a crer que você está enganada.

Onde estava mesmo? Ah, sim, nas dificuldades do meu casamento. Minha mulher não se dava conta da minha infelicidade, e eu não conseguia dizer a ela o quanto era infeliz. Foi com alguma surpresa, portanto, que ela recebeu a notícia de que eu decidira fazer análise. Nessa noite, tivemos uma conversa franca. Eu disse que não agüentava as festas e jantares com aquela gente insuportável, que achava o meu emprego uma porcaria e que esperava encontrar na análise um caminho para sair também da condição de *"artiste manqué"*. Sim, porque eu precisava criar algo. Quem sabe, escrever um livro. Eu tinha algumas idéias interessantes, mas não me sentia estimulado o suficiente para organizá-las, embora já tivesse tentado uma vez, ainda em Paris, sem que ela soubesse.

Minha mulher ouviu tudo calada. Quando acabei, ela permaneceu pensativa por alguns segundos. Depois, trancou-se no banheiro. Saiu de lá com cara de choro. Abraçou-me, pediu desculpas pela sua falta de atenção em relação a mim e disse que me apoiaria em todas as decisões que eu viesse a tomar. Prometeu diminuir o ritmo de sua vida social, para ficar ao meu lado, e que procuraria empreender uma atividade útil. Perguntou o que eu achava da idéia de ela montar um serviço de bufê, para aproveitar o conhecimento culinário adquirido em Paris. Respondi que não tinha dinheiro para tanto, que precisaria mais uma vez pedir a ajuda de meu pai. A menos, é claro, que fosse gasto o dinheiro daquela herança recebida do tio homossexual. Notei que ela estremeceu um pouco ao ouvir a menção a esse dinheiro. "Acho que é possível encontrar uma sócia capitalista entre aquelas pessoas insuportáveis que tanto o aborrecem", disse. Em seguida, nos entregamos a um sexo desesperado, triste.

24

Fui fazer análise disposto a falar tudo sobre mim, assim como faço com você. Só que essa fala assumiu uma forma menos lapidada, mais brutal. E, talvez por isso mesmo, insincera. É o que se pode chamar de uma forma paradoxal de resistência — resistência, aqui, entendida no sentido psicanalítico, é claro. O amor por minha mãe, a tristeza pela sua morte, o ódio por meu pai, a relação horrorosa que mantinha com ele, as agruras do meu casamento, a falta de amigos — despejei esses dados sobre a minha analista de maneira quase pornográfica: como um homem despeja o esperma no rosto da amante. Ela, por seu turno, não conseguia esconder o quanto estava exultante pelo fato de ter um paciente tão neurótico. Eu era um caso exemplar, e aprendi a me comportar como tal. Eu era o Narciso supremo, que se deixava ser autopsiado pelos instrumentos da psicanálise — mas só até certo ponto.

Não admira que minha analista tenha ficado furiosa comigo. Ela esperava um final glorioso; eu lhe dei um final trágico. A idiota ainda foi falar de meus processos no jornal... Não posso dizer, no entanto, que não tenha sido bom para mim em alguns aspectos — a análise, digo. Ainda que tenha sido sob o empuxo do narcisismo, comecei a escrever *Futuro* e, com isso, a vislumbrar a possibilidade de ter uma carreira literária. A vida conjugal também parecia estar entrando nos eixos. Minha mulher continuava a ir a festas e jantares, mas com menos freqüência. Suas preocupações agora concentravam-se na abertura do seu serviço de bufê. Ela não conseguira uma sócia capitalista e, assim, estava pensando em usar o dinheiro da herança que recebera. Eu não gostava dessa idéia, embora a tivesse sugerido, mas não levantei objeção. Nunca controlei as finanças de minha mulher, e nem mesmo sabia ao certo quanto seu tio havia deixado. Só tinha receio de que ela viesse a perder tudo com uma iniciativa malsucedida. Esse impasse durou algo como dois meses, até que ela resolveu usar o dinheiro que ganhara. Minha mulher estava reunida com um consultor financeiro, no escritório de nossa casa, quando dei uma espiada nos números que eles haviam lançado sobre o papel. Fiquei impressionado: a soma a ser gasta era muito, mas muito mais alta do que eu supunha. "De onde você vai tirar tanto dinheiro?", perguntei. "Da minha herança", ela respondeu. Fiquei ainda mais perplexo, porque a soma registrada ali era pelo menos o dobro do que minha mulher afirmara uma vez ter recebido do tio. Manifestei minha surpresa, e ela disse que eu era mesmo um filósofo pouco afeito à realidade. "Você acha que deixei o dinheiro parado no banco? Fiz ótimas aplicações financeiras, graças ao meu consultor. Não é mesmo, caro?", disse ela, virando-se para o homenzinho careca que estava a seu lado, e que eu jamais vira mais gordo. Entretido com a máquina de calcular, ele apenas murmurou um "é".

A caminho da faculdade onde dava aulas, esqueci tudo aquilo. Eu só tinha cabeça para Antônimo, Hemistíquio e Farfarello. Os personagens do meu livro levavam-me a contemplar os abismos do Mal, cegando-me para o fato de que ele, o Mal, estava tomando uma forma que extrapolaria em muito a literatura e o pensamento. O que dizer? Minha mulher tinha razão: eu era mesmo um filósofo pouco afeito à realidade. E esse foi um tremendo erro filosófico.

25

Foi num sábado à tarde. Eu estava sozinho em casa, escrevendo meu livro, quando a copeira bateu à porta do escritório para anunciar que o motorista de meu pai queria falar comigo. "Pode passar a ligação", disse. "Ele está na cozinha, senhor", respondeu a moça. Como não costumava aparecer sem avisar, pensei que algo grave havia ocorrido. Eu estava certo: o motorista decidira me comunicar que ele e sua mulher tinham sido demitidos por meu pai. "Seu pai nos acusa de ter roubado vinte e cinco mil dólares do cofre da casa", ele disse, sem esboçar emoção.

Fiquei estupefato. O casal era da mais absoluta confiança, como era possível que... "Seu pai disse que não daria parte na polícia, mas que, em compensação, não nos daria um centavo de indenização pela demissão. Estou aqui para pedir a sua ajuda. Eu e minha mulher precisamos de algum dinheiro, para ir para um hotel e, depois, alugar um cantinho", ele continuou, imperturbável. A sua frieza era mesmo impressionante. Nada de lamentações, nada de lágrimas.

Disse-lhe que sentia muito, que acreditava ser a acusação um grande erro do meu pai. Ele não disse uma palavra para defender-se. Naquele momento, o motorista era um monumento à dignidade. Só o que me restava fazer era enchê-lo de dinheiro. Foi o que fiz: além de lhe dar os dólares que guardava em casa, uns cinco mil, dei-lhe tudo o que tinha na carteira, em moeda nacional. Não contente, dei-lhe um cheque polpudo, que equivalia mais ou menos a dez meses dos salários que ele e sua mulher recebiam em conjunto.

Quando apertou minha mão, na hora de despedir-se, notei que seus olhos estavam marejados. No seu caso, isso equivalia ao choro de uma carpideira. "Obrigado, meu filho. Cuide-se", ele disse. Aquelas eram palavras de pai — do pai que eu nunca tivera. Depois que se foi, ainda consegui terminar o capítulo que estava escrevendo. O derradeiro capítulo de *Futuro*.

Aborrecido, telefonei a meu pai, para cobrar-lhe explicações. "Eles me roubaram, eu os demiti", limitou-se a dizer. Despejei-lhe uma torrente de impropérios. "E você é só um idiota", ele respondeu, antes de bater o telefone na minha cara. Quando minha mulher chegou em casa, narrei-lhe o ocorrido. Ela disse apenas que aquele não era um problema nosso, que tanto eu como ela tínhamos mais com que nos preocupar.

E como tínhamos: não demorou uma semana, recebi a notícia de que seria pai. Nós não havíamos planejado nada e, por isso, pareceu-me muito natural o nervosismo da minha mulher ao anunciar a gravidez. Eu nem sabia que ela havia feito um exame de laboratório, para confirmar o resultado de um teste comprado em farmácia — também realizado sem o meu conhecimento. Ela chorava muito, dizendo que aquele não era o momento para termos um filho, que ela havia se descuidado e que eu não merecia pagar por um erro dela.

Saber que teríamos um filho me deixou bastante abalado. Com o resultado do exame nas mãos, caminhei pelo jardim, pensando na ironia de me tornar pai sem ter deixado de me tornar filho. O que eu quero dizer é que eu dependia do meu pai mais do que seria aconselhável e, conforme as palavras da minha analista, ainda não conseguira realizar o luto pela morte da minha mãe — o que ficara evidente durante a lua-de-mel. O ódio por meu pai, aliás, segundo ela, só amainaria depois que eu realizasse esse luto... Não vamos, por favor, entrar no mérito dessas interpretações. O fato é que, naquele instante, elas fizeram sentido suficiente para eu aceitar a idéia de ter um filho. Essa criança poderia marcar a minha entrada no mundo adulto. Combinei para o dia seguinte uma sessão extra com a minha analista. Ela concordou que, com o devido acompanhamento psicológico, ter um filho seria muito positivo para mim, mas alertou que seria um erro depositar nele a responsabilidade pelo que viesse a acontecer na minha vida. Saí do consultório com a impressão de estar preparadíssimo para a paternidade. Antes de ir para casa, passei numa joalheria e comprei um lindo colar de brilhantes para minha mulher. Aquele seria o seu primeiro presente de mãe.

Quando cheguei, encontrei minha mulher sentada na poltrona do quarto, com as luzes apagadas. Antes que eu pudesse falar, ela disse que havia refletido muito durante a noite e que chegara à conclusão de que deveria fazer um aborto. Na sua opinião, àquela altura, uma criança só representaria o acréscimo de mais problemas ao nosso casamento. E enumerou os já existentes: nós ainda não havíamos conquistado por completo uma rotina conjugal tranqüila, ela estava para inaugurar um negócio que lhe tomaria muito tempo no início e eu não tinha previsão de quando terminaria meu livro.

Minha reação a esses argumentos racionais foi apelar para a emoção. Disse que ninguém na história humana jamais se sentira ou se sentiria preparado para ter um filho, e que era isso o que tornava a vida tão mais fascinante. Também afirmei que uma criança seria, para mim, um estímulo para seguir adiante no "deserto que era preciso cultivar às avessas". João Cabral de Melo Neto: eu sempre desejara adaptar o verso do poeta para uma situação concreta, e eis que surgira a oportunidade. Ato contínuo, dei o presente à minha mulher, coroando a cena com uma frase que até tenho vergonha de repetir: "Para a mãe mais bonita do mundo." Ao ver o colar que cintilava à luz do abajur recém-aceso, ela abriu um sorriso entre as lágrimas. Abraçou-me, dizendo que jamais voltaria a me decepcionar.

26

A minha história está chegando ao fim, e, por mais que desejasse continuar, não há muito mais a dizer. É pena. Nossa convivência tem me feito bem... Você já disse que voltará sempre que possível, eu sei. Mas acho isso improvável. Sabe como me sinto? Como um guia de um parque natural africano. Essa história, abordada em um documentário de televisão que vi há muitos anos, ficou gravada em minha memória de uma forma que reconheço amplificada além da conta. O guia é apresentado ao turista que levará num safári, mostra-lhe em detalhes a natureza selvagem que os rodeia, a convivência intensa os torna próximos e, quando o turista vai embora, na hora da despedida, o guia ouve do forasteiro que um dia eles irão reencontrar-se ali mesmo. Por experiência, o guia, que vive sozinho, sabe que isso não é verdade. Todos dizem a mesma coisa. Não que seja uma mentira, porque o turista, nesse exato momento, acredita mesmo que voltará ao parque. Mas basta ele pisar na civilização, para que o guia se transforme numa simples recordação de viagem. Acho que essa história me impressionou porque reproduz, no plano das relações pessoais, o mito de Sísifo. O guia é Sísifo, e sua pedra, as amizades que nunca frutificam.

Não tive tempo de dizer pessoalmente a meu pai que teria um filho. Ele viajara no dia seguinte à demissão do motorista e da governanta, e a notícia da gravidez da minha mulher foi alcançá-lo em Nova York, por meio de um telefonema nosso. Minha mulher foi quem ligou. "Estou ligando para avisá-lo de que estou grávida", ela falou, e ficou em completo silêncio enquanto ouvia o que ele dizia. Depois proferiu um "obrigada" e me passou o telefone. "Você não merecia um neto, mas a vida é assim: recompensa quem não merece", eu disse. Não houve reação à minha provocação. "Parabéns", ele respondeu. E desligou. Minha mulher, em geral conciliadora, não se manifestou sobre a minha fala desagradável. Arrumou-se e saiu. "Preciso tomar ar", justificou.

Quando me despedi do meu amigo motorista, disse-lhe que me procurasse, caso necessitasse de algo. Eu só não esperava que o fizesse tão cedo. No final da tarde daquele mesmo dia, recebi um bilhete assinado por ele e escrito com a letra redondinha de sua mulher. "Preciso falar com você. É urgente. Estou morando num hotel no centro da cidade. O endereço está embaixo. Venha ainda hoje, por favor." A princípio, pensei que ele quisesse mais dinheiro. Mas, depois de raciocinar um pouco, concluí que não fazia sentido solicitar a minha presença no hotel para fazer um pedido financeiro. Fiquei intrigado, e decidi que iria ao hotel depois do jantar.

Jantamos, eu e minha mulher, aquela que seria a nossa última ceia. Estávamos monossilábicos. Ela não fez qualquer especulação sobre os motivos que levaram o motorista a me mandar o bilhete. Eu também não insisti nesse ponto. Terminado o jantar, minha mulher foi dormir. Ainda pensei em adiar minha ida ao hotel, mas, como não havia nada melhor a fazer, fui ao encontro do motorista.

Seria lógico supor que o hotel em questão fosse modesto, beirando a sordidez. Mas não era o caso. Era um hotel quatro-estrelas, com um *lobby* faustoso o suficiente para me levar a crer que o motorista e sua mulher estavam desperdiçando dinheiro. Anunciei a minha chegada e ouvi que deveria esperar um pouco, antes de subir. Foram trinta minutos em que afloraram em mim todos os preconceitos de classe que eu tentara sufocar ao longo da vida. Pensava, com raiva, que era um absurdo pessoas subalternas como aquelas me submeterem a uma espera humilhante, e ainda por cima num cenário de um hotelzinho vagabundo do centro (minha raiva já me fizera enxergar nódoas no carpete do *lobby*, além de cinzeiros sujos e móveis descascados). Eu poderia ter ido embora, para demonstrar minha ofensa, mas a verdade é que estava curioso demais para saber por que o motorista precisava falar comigo com urgência.

Meia hora mais tarde, recebi permissão para subir. Quem abriu a porta foi a mulher do motorista. Cumprimentamo-nos com frieza, antes que ela me convidasse a sentar. Lancei um olhar pelo quarto. A ex-governanta do meu pai continuava maníaca por ordem. Não havia nem mesmo uma ruga na colcha da cama, as malas estavam fechadas e colocadas num canto para não atrapalhar a circulação, os copos sobre a mesa estavam lavados e emborcados, embora no lixo houvesse duas latas vazias de refrigerante. O motorista demorou-se alguns minutos no banheiro, de onde saiu com uma expressão assustada e suando muito. "Está calor, aqui, não está? Vou aumentar o ar-condicionado", ele disse, estendendo-me frouxamente a mão, de um modo que não lhe era natural.

Sentado à minha frente, com a mulher que permanecia em pé, ao seu lado, ele continuava a suar muito, mesmo com o ar-condicionado ligado na temperatura mínima. "Você está passado mal?", perguntei. "Não, ele está com medo", respondeu a mulher. O motorista, então, começou a chorar. Você pode imaginar como eu estava constrangido. Era a primeira vez que o via descontrolado. Disse-lhes que não estava entendendo nada, e pedi que eles me contassem logo o que ocorria, para saber se estava ao meu alcance ajudá-los. "O seu pai... Ele nos ameaçou de morte", murmurou o motorista.

Eu odiava com todas as forças meu pai, sabia-o capaz das ações mais mesquinhas e desonestas, mas aquilo era demais. Elevei o tom de voz, para afirmar que um homem como meu pai não sacrificaria a sua posição social para matar ou mandar matar ex-empregados. Inclusive porque, dadas as circunstâncias em que foram demitidos, se perpetrasse um crime desses, todas as pistas levariam até ele. Seria burrice, concluí, e meu pai podia ser tudo, menos burro.

Mal acabei de falar, a mulher deu uma gargalhada histérica. "Vocês, ricos, se acham superiores a nós, não é mesmo? A ponto até de colocar em dúvida o que, de fato, ouvimos e o que, de fato, presenciamos", disse ela.

Irritado com o desplante, afirmei que achava muito estranho não terem ido à polícia, para denunciar meu pai. "A polícia é dos ricos, não dos pobres", devolveu ela. Retruquei que talvez não tivessem procurado uma delegacia por causa de um motivo bem mais concreto, os vinte e cinco mil dólares roubados do meu pai. A mulher, muito vermelha, não respondeu. Virou-se para o marido e gritou para que ele contasse logo tudo para mim.

Parte do que você vai ouvir agora não está nos autos do processo criminal do qual fui réu. Quis preservar os sobreviventes.

Ao ouvir a ordem de sua mulher, o motorista, que em nada mais lembrava o sujeito frio e digno que eu aprendera a admirar, levantou-se, aproximou-se de mim e, com o rosto quase tocando o meu, disse: "Seu pai e sua mulher...".

Ele não completou a frase, e nem precisava. Fui tomado pela tontura, como nos meus tempos de criança. Pedi para deitar-me na cama, e ali fiquei durante um tempo que não saberia precisar. Devo dizer que não sentia nenhuma raiva, apenas decepção. E, é curioso, a decepção era maior com meu pai do que com minha mulher. O que significava que eu ainda conseguia ter alguma expectativa positiva em relação a ele, apesar de todo o nosso histórico.

Quando me senti um pouco melhor, pedi à mulher que saísse do quarto, para que eu conversasse a sós com o seu marido. Ele me contou, então, tudo o que sabia.

O caso entre minha mulher e meu pai começara ainda na Europa. Tinha sido por causa dele que ela viera passar um mês em nosso país, deixando-me sozinho na França. O motorista a servira durante todo esse período, levando-a para fazer compras e ir ao encontro do meu pai. Ela ficara hospedada em um hotel, onde seu amante passava todas as noites. Logo depois que voltamos para o país, os dois continuaram a encontrar-se, só que de forma mais espaçada. No dia anterior ao nosso casamento, minha mulher havia passado a tarde inteira com meu pai, num quarto de motel. Eles se distanciaram durante algum tempo, mas havia dois meses, mais ou menos, tinham retomado o romance.

Nesse ponto do relato, meu coração gelou: isso significava que talvez minha mulher tivesse sido engravidada por meu pai, e não por mim.

A tontura voltou a piorar, o quarto inteiro girava.

Meu estado era lastimável, mas, ainda assim, tive força para continuar ouvindo o relato do motorista. Ele me disse que, a princípio, achara inacreditável que meu pai não houvesse tentado esconder dele toda aquela safadeza. Mas a sua mulher tinha uma boa explicação para esse descuido. "Para os ricos, nós, pobres, não somos pessoas. Não escutamos, não vemos, não percebemos. Somos apenas bestas de carga", dissera ela.

Não havia como não dar razão à mulher do motorista, visto que a história estava repleta de poderosos que caíram em desgraça por terem subestimado seus subalternos. Perguntei, então, por que meu pai os ameaçara de morte. Tudo começou, disse ele, quando a sua mulher resolvera chantagear meu pai. Eles queriam se mudar para a cidade natal dela, no interior, mas não haviam conseguido juntar dinheiro suficiente para comprar uma casa por lá e, ao mesmo tempo, investir na abertura de uma doceria. Ter um negócio próprio era o sonho de ambos. Depois de muita discussão, ela o convencera a colocar meu pai contra a parede, ameaçando-o de revelar a mim o caso que ele mantinha com minha mulher. Chantageado, meu pai não esboçou qualquer reação. Foi ao cofre da casa, retirou vinte e cinco mil dólares e os entregou ao motorista. "Agora, caiam fora e nunca mais apareçam por aqui", dissera. A visão de tantos dólares, contudo, aguçara a cobiça de sua mulher e também a sua própria. Imaginaram que, como odiava meu pai, eu acreditaria facilmente que ele havia cometido uma injustiça — e que, portanto, não hesitaria em lhes dar dinheiro. Tudo ocorrera como o previsto, menos por um detalhe: os dois já estavam instalados naquele hotel, quando receberam um telefonema. Do outro lado da linha, um conhecido deles avisou-os que meu pai, furioso com o fato de ter sido achacado, havia contratado um assassino de aluguel para matá-los. Esse conhecido era muito bem relacionado no submundo, e decidira alertá-los porque também ele precisava de dinheiro e coisa e tal. Se fosse recompensado, acrescentara, ele poderia até dar um jeito de evitar que o serviço fosse feito. Para eles, logo ficou claro que esse calhorda havia se mancomunado com o tal assassino de aluguel, a quem provavelmente agenciava. Quando o motorista perguntou-lhe, numa segunda ligação, quanto seria cobrado pela proteção, o sujeito respondeu que meu pai havia oferecido cinco mil dólares, mais os vinte e cinco mil que estavam nas mãos dos ex-empregados. "Mas, se vocês nos pagarem vinte e cinco mil dólares, está limpo", completou o conhecido, deixando escapar uma risadinha. O raciocínio dos bandidos baseava-se numa premissa simples: era melhor levar menos para não matar do que ganhar só um pouco mais para matar. Não havia outro jeito senão pagar-lhes — e assim foi feito.

Como não tinham mais nada a perder, continuou o motorista, sua mulher havia falado que eu deveria ser informado sobre o caso amoroso que meu pai mantinha com a nora. Era, ao mesmo tempo, uma vingança e uma garantia: meu pai não ousaria contratar outro matador depois que o escândalo familiar estourasse. Daria muito na vista. Os argumentos da mulher o convenceram, e ali estava ele, pondo-me a par de tudo. "Nós vamos sair da cidade amanhã, para nunca mais voltar. Não queria decepcioná-lo, mas isso tinha de ser feito", concluiu, entre lágrimas.

Quando saí do hotel, já era de madrugada. Levava no bolso o número de telefone do sujeito que agenciava o assassino.

A tontura havia passado.

27

Tudo era vulgar demais. Meu pai manter um caso com minha mulher e, chantageado por empregados, contratar um matador de aluguel para eliminá-los: a minha ficção era muito melhor do que essa realidade de chanchada. Essa era a minha única certeza.

Não queria rumar para casa, porque não tinha estômago para encarar minha mulher. Mas ir para um hotel seria pior. Resolvi, então, trancar-me no escritório, onde havia um sofá-cama. Não preguei os olhos, é evidente. Eu estava desnorteado. Precisava desabafar com alguém, mas não tinha amigos. Havia só a minha tia que morava em Milão. Liguei para ela. Tirei-a do seu sono, sem fazer preâmbulos sobre o que acontecera. Um silêncio demorado instalou-se do outro lado da linha, antes que ela dissesse, com voz chorosa, que já sabia de tudo. Teria me contado naquele nosso último jantar em Paris, não fosse por seu marido, que a impedira. Esse era o motivo que os levara a discutir no restaurante e contaminara o nosso encontro. Perguntei como ela havia descoberto. Respondeu-me que os flagrara beijando-se numa esquina do Marais, no final da tarde. Eles não a viram. O seu choque, é claro, havia sido grande — tanto que fora parar no médico, com uma crise de hipertensão. Repetiu que teria me contado tudo, mas que seu marido não havia deixado, por medo de que eu fizesse uma besteira. Ele até ameaçara separar-se dela. "Perdoe-me, meu filho, talvez tivesse sido melhor que você soubesse por meu intermédio", disse minha tia, agora aos prantos. Desliguei.

Saí do escritório no fim da manhã. Minha mulher estava à mesa do café. Sem responder a seu bom-dia, disse-lhe que já sabia de tudo. "De tudo o quê?", ela perguntou. "Que você e meu pai são amantes", respondi, servindo-me de café, como se tudo fosse muito natural. Continuei com a refeição, enquanto ela chorava, de joelhos, implorando meu perdão. Eu poderia descrever a cena com tintas dramáticas, mas ela foi apenas patética. Depois que minha mulher parou de chorar, eu mandei — sim, mandei — que relatasse os detalhes. Ela disse que sucumbira ao charme do meu pai ainda em Paris e que havia viajado para ficar com ele. "Você não recebeu herança nenhuma", eu disse. "Não", ela respondeu. Perguntei, então, como havia conseguido o dinheiro para abrir o seu serviço de bufê, já sabendo a resposta. Ela confirmou que fora meu pai que lhe tinha dado, e contou o resto da história. Disse que ele a pressionara a voltar para o país, sob a ameaça de cortar o dinheiro que nos mandava. Que ela tentara de todas as formas terminar o romance com ele, e que a idéia de casar-se no papel surgira também para criar um obstáculo definitivo às suas investidas. No entanto, continuou minha mulher, ao receber a notícia de que nos casaríamos, meu pai assumiu um comportamento sádico. Exigiu que, um dia antes, ela passasse uma tarde em um motel com ele. "Se não, conto tudo a meu filho", ameaçara. Depois do casamento, meu pai voltara à carga muitas vezes, mas os encontros deles haviam sido raros, até que cessaram por completo. "Mas você voltou a ver meu pai há uns dois meses", disse eu, ao me dar conta de que o seu silêncio se estendia como um ponto final. Minha mulher esfregou os olhos, respirou fundo e afirmou que havia cometido esse erro porque precisava de dinheiro. Ela queria de verdade abrir um serviço de bufê, e não havia outro jeito de conseguir capital, a não ser submetendo-se a meu pai. "Ainda que fosse você a pedir dinheiro, ele cobraria de mim na forma de sexo. Por isso, achei melhor fazê-lo diretamente. Dessa forma, eu teria uma quantia concreta para justificar a minha herança fictícia", explicou.

Fiz a pergunta: "Esse filho que você espera pode ser dele?"

Ela negou com veemência, dizendo que sempre tomara precauções antes de ir para a cama com meu pai, mas estava claro que mentia... Como sei? Ora, que outro motivo minha mulher teria para pensar em abortar?... Ela os enumerou ao expor essa possibilidade. Sim, porém nenhum deles era convincente, você há de concordar.

Um pensamento engraçado assaltou-me naquele momento: era tudo culpa da livre iniciativa. Os ex-empregados que desejavam abrir uma doceria, a minha mulher que queria ter um serviço de bufê — se não fosse por toda essa vontade empreendedora, talvez nada daquilo estivesse ocorrendo. Deixei minha mulher na copa, e voltei ao escritório, para refletir sobre o que fazer.

28

Eu tinha algumas opções. Poderia separar-me de minha mulher e sumir do mapa. Poderia perdoá-la, exigir que ela fizesse aborto e nunca mais visse meu pai, se quisesse continuar casada comigo. Poderia mandar matar meu pai, assim como ele havia feito com seus ex-empregados, ou... Poderia eu mesmo assassiná-lo. Você talvez estranhe que um sujeito até então pacato tivesse a idéia de cometer um assassinato, mas a verdade é que, em meio a todos aqueles acontecimentos, essa foi a escolha mais adequada.

Não foi por vingança que o matei, acredite. Foi para eliminar uma anomalia que, desde cedo, havia levado a que a minha vida se transformasse num inferno. Meu pai me torturara quando eu era criança, havia me abandonado depois da morte da minha mãe, seduzira minha mulher, depois a forçara a continuar fazendo sexo com ele e, por fim, havia usurpado a minha posição de pai, ao engravidá-la. Qual era o significado disso tudo? Demorei a encontrar a resposta, mas alcancei-a: ali estava um homem que não conseguia estabelecer uma diferença entre o seu desejo e a realidade — eis a anomalia. Não imaginava as conseqüências de seus atos. Se algo lhe proporcionava prazer, ele o fazia, sem impedimentos de ordem moral ou afetiva. Essa era a explicação principal para o seu sadismo em relação a mim. Ele me salvara na infância apenas porque vira, no próprio filho, a possibilidade de dar vazão a seus baixos instintos. Você quer saber mais? Eu não posso afirmar com convicção se menti quando contei a história do monstro que se deitava comigo quando eu era criança...

Ali, no escritório, pensei também em minha mãe. Como ela pudera apaixonar-se por aquele homem? Será que ele havia conseguido esconder dela a sua essência? Não, o mais provável é que minha mãe houvesse vislumbrado o monstro dentro dele, mas acreditasse que, com seu amor, pudesse redimi-lo. "O amor que move o sol e as outras estrelas": o verso de Dante iluminou-me. Sim, era possível uma redenção. Mas não uma redenção pelo Bem — tal possibilidade havia se perdido lá atrás, com a morte de minha mãe e de seu amor que movia o sol e as outras estrelas. O caminho era o da homeopatia moral. *"Similia similibus curantur"*, o semelhante que cura o semelhante. O Mal, enfim. Já não me importava saber como o Mal nasce dentro das pessoas. Para mim, naquele momento, bastava saber que ele era a melhor saída.

Sim, você tem razão: eu preciso admitir de forma explícita que acredito em Deus, em vez de usar subterfúgios. Mas o único Deus em que consigo crer é forjado à minha imagem e semelhança: criador não do Céu ou da Terra, e sim do Inferno, e do Purgatório, ao qual desci para redimir meu pai e também a mim.

É claro que isso não tem nada a ver com ser um homem de espírito. Você me perguntou, lá atrás, se eu acreditava ser um homem de espírito. Não, não sou — o que não significa que repudie a concepção que os elegeu como motores da História. É que aprendi que os sistemas filosóficos, que servem acima de tudo para explicar nossas ações, não são excludentes, como acredita boa parte dos filósofos. O que quero dizer é que não sou um homem de espírito, mas creio que a subjetividade é a verdade. A frase é de Kierkegaard. E a verdade de cada um é proporcional ao tamanho do risco que ele empresta à sua fé em Deus. A minha deve ser grande, a julgar pela aposta que fiz.

O meu desejo convertido em realidade seria o remédio a ser usado contra o meu pai. O princípio podia ser homeopático, mas não a dose. Desejara matá-lo inúmeras vezes, mas agora o faria de verdade, e com as minhas próprias mãos. Transformá-lo em vítima seria a forma de libertá-lo de sua monstruosidade, de absolvê-lo — e, assim, de poder celebrá-lo como um pai. A satisfação não é o fim do desejo? Mas a sua redenção não poderia implicar a minha danação moral, visto que eu não queria tomar o lugar de meu pai, mas superá-lo. Depois de horas de angústia, tomei outra decisão: eu deveria infligir em mim mesmo uma dor que me flagelasse até o dia de minha morte. O Purgatório em vida.

Estabelecidas as resoluções gerais, escrevi uma carta a minha mulher. Nela, aconselhava-a a contratar um bom advogado para cuidar de seus interesses. Depois disso, ela deveria voltar para a França e, lá, ter o seu filho.

Ponto final: nada de acusações ou despedidas. Os conselhos foram seguidos à risca. Hoje, ela mora com a criança (um menino) em Paris, juntamente com aquele americano que havia namorado antes de me conhecer. Sujeito de sorte.

Deixei a carta dentro da gaveta de minha escrivaninha, imprimi uma cópia de *Futuro*, guardei-a numa pasta de papelão e apaguei o arquivo do computador. Já era noite quando fui embora para sempre de minha casa, levando apenas o meu livro inconcluso. Havia outras providências a tomar, antes que meu pai chegasse de viagem.

29

O dia em que matei meu pai era um dia claro, de uma claridade difusa, sem sombras, sem relevos. Ou talvez tenha sido cinzento, daquele cinza que tinge até as almas menos propensas à melancolia... Seria um bom começo para um livro, não seria? Só que já não existem livros para mim.

Foi com uma paulada na nuca e outra no alto da cabeça. Mas eu não estava sozinho quando telefonei para a polícia. Por intermédio do sujeito que chantageara o motorista de meu pai, contratei a peso de ouro três criminosos, aos quais fiz entrar na casa depois de cometer o assassinato. Eles estavam instruídos a imobilizar-me logo após o telefonema, ainda que na última hora eu revogasse essa ordem — o que não fiz.

"Venham me prender. Matei meu pai", e desliguei o telefone. Os criminosos, então, cumpriram o que havia sido acertado. Dois deles me seguraram pelos braços e prenderam a minha cabeça. Imobilizado numa poltrona, eu ainda pude ver o corpo do meu pai que jazia sobre o sofá, antes que o terceiro bandido despejasse ácido nos meus olhos.

E, então, desfez-se a luz.

Este silêncio... Você ainda está aí?

Este livro foi composto na tipologia Garamond
em corpo 12/15,5 e impresso em papel Chamois
Bulk Dunas 90g/m² no Sistema Cameron
da Divisão Gráfica da Distribuidora Record.